김현영 新무협 판타지 소설
FANTASTIC ORIENTAL HEROES

전전긍긍 마교교주 4

김현영 新무협 판타지 소설

초판 1쇄 찍은 날 § 2010년 3월 10일
초판 1쇄 펴낸 날 § 2010년 3월 17일

지은이 § 김현영
펴낸이 § 서경석

편집장 § 문혜영
편집 § 서지현

펴낸곳 § 도서출판 청어람
등록번호 § 제1081-1-89호
등록일자 § 1999. 5. 31
어람번호 § 제2-1903호

주소 § 경기도 부천시 원미구 심곡2동 163-2 서경B/D 3F (우) 420-822
전화 § 032-656-4452 팩스 § 032-656-4453
http://www.chungeoram.com
E-mail § chungeoram@chungeoram.com

ⓒ 김현영, 2009

ISBN 978-89-251-2112-3 04810
ISBN 978-89-251-2003-4 (세트)

※ 파본은 구입하신 서점에서 교환하여 드립니다.
※ 저자와 협의하여 인지를 붙이지 않습니다.
※ 이 책은 도서출판 청어람과 저작자의 계약에 의해 출판된 것이므로,
무단 전재 및 유포·공유를 금합니다.

마교교주

전전긍긍

戰戰兢兢
魔敎敎主

4 뺏고 빼앗기다

김현영 新무협 판타지 소설
FANTASTIC ORIENTAL HEROES

第一章	십대악인	7
第二章	지존의 위엄	29
第三章	올바른 일을 하다	59
第四章	수중 비동의 족자	85
第五章	청청선자	115
第六章	극렬순백장	139
第七章	천하무적	161
第八章	유골은 누워 있더라	191
第九章	결코 죽음을 각오하지 않는 자들	211
第十章	흔적없는 추격자들	231
第十一章	초대장	251
第十二章	천이통	279

第一章
십대악인

전전
긍긍
마교교주

도유강이 깨어난 건 저녁 무렵이었다.
"끄응!"
머리가 부서질 듯 아프고, 몸도 물먹은 솜처럼 무거워 절로 신음이 새어 나왔다.
방 안은 어둠에 잠겨 있었고, 겨우 창가 쪽만 옅은 빛이 비쳐들고 있었다.
"망할, 암살자들……."
앞으로 얼마나 더 많은 암살자들을 만나게 될까?
강호가 더욱 싫어진다.
오태산에서는 독에 당해 죽을 뻔했고, 동정호에서는 수장

당할 뻔했다. 땅 위든 물속이든 안전한 곳이 없었다. 강호에 계속 몸을 담고 있노라면 영원히 이 죽고 죽이는 순환고리에서 벗어나지 못할 것이다. 도유강은 자신의 운명이 한탄스러웠다.

머리를 격하게 흔들었다.

그렇다. 지금은 한탄만 하고 있을 때가 아니었다. 이 망할 놈의 운명은 스스로 극복해 내야 한다. 꿈을 실현하려면 강해져야 하고, 그전에 살아남아야 한다.

지금쯤이면 풍천은 암살자들의 정체를 파악했으리라.

목소리를 높여 풍천을 불렀다.

"풍천은 어디에 있느냐!"

"여기 있습니다."

"으아악!"

갑자기 옆에서 들려온 소리에 도유강이 소스라치게 놀라 하마터면 침상에서 굴러떨어질 뻔했다.

"인기척이라도 낼 것이지 무슨 짓이냐!"

귀신같은 놈! 풍천은 침상 옆에 석상처럼 서 있었다.

깨어난 후에도 줄곧 옆에서 지켜보고 있었던 것이다.

"죄송합니다. 몸은 어떠신지요?"

"괜찮다."

"먼저 식사를 하시겠습니까?"

"생각없다. 너는 그자들의 정체를 파악했느냐?"

"죽기 직전 자백을 받았습니다. 백룡부라고 실토했습니다."
"백룡부? 말이 안 되잖느냐?"

강호의 생리가 상식 밖이란 것은 알고 있다. 그래도 백룡부가 암살을 시도했다는 것은 뜻밖이었다. 원한 관계라고 해봐야 고작 배 두 척과 당주 등무극이었다.

풍천이 말했다.

"발바닥부터 허벅지까지 검으로 근육과 뼈며 신경까지 갈아버렸습니다. 그제야 백룡부라고 대답했습니다."

도유강이 흠칫 어깨를 떨었다.

가, 갈아버려? 풍천은 과일을 갈아 즙을 내었다고 말하는 것처럼 담담한 어조였다.

절로 오금이 저렸다.

늘 곁에 있어 잊고 있었다. 이 망할 놈의 심복은 마인(魔人) 중에서도 마인인 것이다.

도유강은 턱을 어루만졌다.

고문 결과를 들었으나 그래도 뭔가 찝찝함이 좀처럼 가시질 않았다.

"백룡부라니… 그깟 일로 암살을 시도했다는 것이 이해가 되지 않는구나."

"주군, 말 한마디에도 생사를 논하는 것이 무림이고 강호입니다. 무슨 일이 벌어진다 해도 이상할 것이 없습니다."

도유강은 고개를 갸웃했다.

미심쩍다. 풍천의 말대로 강호에서는 무슨 일이 벌어진다고 해도 이상할 것이 없다.
그렇다면 반대 상황도 나올 수 있다는 말이 아닌가?
즉, 뼈와 살, 신경을 갈아버려도 엉뚱한 자백을 할 강호인도 분명히 있을 것이다.
그 자백의 가장 큰 모순점은 수중의 암살자들의 목표였다.
'그들은 오직 나만을 제거하려 했다.'
만약 백룡부가 움직인 것이라면 풍천까지 제거해야 했다. 하지만 암살자들은 핏물이 수면 위로 떠오르면 풍천에게 노출될 것을 우려해 밧줄을 사용했다.
그럼 누구란 말인가?
마교가 떠올랐다. 그러나 마교는 떠오르는 순간 사라졌다.
마교는 아니다. 만약 풍천만 살아남는다면 소면마군은 두 발을 뻗고 잠을 잘 수 없을 것이다. 풍천이 원독을 품고 각개전투로 분타부터 하나씩 쓸어가든, 대산으로 곧장 쳐들어가 칼부림을 하든 후폭풍이 만만치 않은 것이다. 마교라면 응당 풍천을 먼저 제거하고 자신을 죽여야 한다. 도유강은 그렇게 마교를 이번 암살 혐의에서 제외시켰다.
그럼 남은 건 하나였다.
와선신의!
'그렇군. 와선이었군. 와선의 목표는 오직 나의 제거다.'
도유강은 천천히 고개를 끄덕였다.

와선은 과거 혈영신마를 치료한 뒤 깊이 후회했고, 죽어야 할 자를 살려 많은 희생을 불러일으킨 것을 평생의 죄로 여겼다. 와선의 입장에서는 죽어야 할 자가 버젓이 살아서 돌아다니고 있으니 견딜 수 없는 것이다.

암살자들이 풍천을 제외한 것을 봐도 와선의 청부라는 확증이랄 수 있었다. 그에게 풍천의 생사는 중요치 않은 것이다. 또한 와선의 강직한 성품으로 볼 때 후환 따위를 걱정할 것 같지도 않았다. 풍천이 복수를 위해 찾아온다면 그는 당당히 죽음을 맞이할 것이리라.

"와선이 청부한 살수 조직이 유령곡이라고 했더냐?"

"그렇습니다."

"이번 암살은 유령곡이다. 와선은 하늘에 맹세한 자, 그에게 있어 나는 죽어야 할 자인 것이다. 오태산에서 유령곡 살수들이 실패했으나 그 정도로 포기할 와선이 아니다."

도유강은 그 이유에 대해 천천히 설명했다.

더불어 마교나 백룡부가 이번 암살과 관련없음도 논리정연하게 풀어놓았다.

풍천이 지그시 눈을 감고 생각에 잠겼다.

그러다 이내 머리를 조아렸다.

"주군, 천지를 가르는 혜안에 속하는 감복하였사옵고, 또한 부끄러움을 금할 길이 없사옵니다. 그런데 소인은 어리석어 설불리 판단하여 놈들을 죽여 없애고 말았습니다. 소인을 벌하여 주십시오."

"네 잘못이 아니다. 그만큼 철저한 살수들이었던 게지."

"감사합니다."

도유강은 내심 안도했다. 풍천이 억지를 부리지 않고 정황을 이해하고 수긍했다는 점이 대견하기 이를 데 없었다. 먼저 행동하고 나중에 생각하는 성격상 일단 모조리 학살한 뒤 '아니었나?'라며 고개를 갸우뚱거릴 놈이 '이해'라는 신통한 능력을 보유하고 있었던 것이다.

이로써 죄없는 백룡부는 목숨을 건지게 되었고, 자신은 살인마의 오명에서 벗어나게 되었으니 정녕 다행스러운 일이었다. 앞으로도 이렇게 말이 술술 통한다면 걱정거리도 없을 것 같았다.

그때였다.

"주군, 하나 추측만으로 백룡부를 용의 선상에서 제외시킬 수는 없습니다. 직접 가서 확인해 볼 필요가 있습니다."

쿵!

'이해 못했다.'

그럼 그렇지. 어쩐지 말이 잘 통한다 했다. 이놈은 어딘가 화풀이할 데를 찾고 있는 것일까? 죽을 위기에 처한 건 자신인데 엉뚱한 놈이 열을 내고 있었다. 아무리 봐도 백룡부로 가서 그냥 대놓고 쓸어버려야 직성이 풀릴 모양이었다.

"확인해 보나마나다. 괜히 피를 볼 필요는 없다."

"주군, 이번 암살은 수중에서 이루어졌습니다. 아직 수중 수련이 남아 있는 상황입니다. 백룡부는 수중전에 능하고, 만에 하나 암살 계획이 백룡부에서 나온 것이라면 번거롭게 되실 것입니다. 이 밤을 도와 소인이 백룡부주를 만나고 오겠습니다."

백룡부는 분명히 아니었다. 그러나 풍천의 말도 나름 일리는 있어 도유강은 마땅히 거절할 말을 찾지 못했다. 문제는 풍천이 백룡부에서 무슨 짓을 할 것이냐였다.

'만약 풍천을 홀로 보내면 백룡부는 흑룡방 꼴이 나고 말 것이다. 그건 안 될 말이다. 사람을 그렇게 죽여 버려선 안 된다. 난 살인 교살자가 되고 말아. 젠장, 이 망할 놈 때문에 편히 지낼 날이 없구나.'

생각을 정리한 도유강이 입을 열었다.

"내가 직접 백룡부주를 대면하겠다. 동정용왕을 길잡이로 삼도록 한다."

"존명!"

백룡부는 원래 작은 문파에 불과했다. 그런 백룡부가 위세를 떨치기 시작한 건 육 년 전으로, 그때부터 장강수로채와 삼 년간의 전쟁을 벌였고, 장강 이북을 빼앗아 확고한 세력을 다지고 있다.

산하 조직으로는 칠대와 십이당을 정예로, 그 하부 조직원으로는 삼백여 명의 수하가 있다.

이것이 동정용왕이 말한 백룡부였다.

쾌속선은 밤의 호수를 빠르게 가르고 있었다.

선상에 마련된 의자에 앉아 도유강이 말했다.

"백룡부주는 꽤 능력있는 자로군."

"외모는 꼽추에 볼품없는 늙은이입니다. 하나 심계가 깊고 권모술수에 뛰어나 교활하기 이를 데 없는 자입니다. 즐겨 사용하는 전술도 암습이 주를 이룹니다."

동정용왕이 유독 암습에 힘을 주어 말했다.

"암습?"

"그렇습니다. 이번 수중 암살 시도도 가히 백룡부주다운 술책인지라 놀라울 것도 없었습니다. 사악한 짓을 서슴지 않는 백룡부주인지라 이번 기회에 제거하지 않는다면 또 다른 암습을 획책할 것입니다."

도유강이 눈살을 찡그렸다.

백룡부의 짓일 수가 없었다. 동정용왕의 속내가 훤히 보였다. 동정용왕이 자꾸 백룡부주의 소행으로 몰아가려는 건 스스로의 손을 더럽히지 않고 옛 터전을 차지하려는 것일 뿐이었다.

"누가 네게 의견을 말하라고 했느냐. 객관적인 설명이면 충분하다."

"하지만 그자들은 주군을 해하려 했고, 백룡부주의 정체

또한 의심스러운 구석이 많기에 드리는 말씀입니다."

"의심스럽다?"

동정용왕이 더욱 몸을 낮추며 대답했다.

"그렇습니다. 모종의 정보에 의하면 백룡부주의 정체가 무림에 악명이 자자한 십대악인 중 일인(一人)으로 의심된다고 합니다. 십대악인의 악행은 열흘 동안 밤을 꼬박 새며 이야기를 해도 시간이 모자랄 지경입니다."

도유강은 턱을 쓰다듬었다.

경계심이 불쑥 솟아났다.

십대악인이라면 천하에 열 손가락에 꼽히는 악인이라는 뜻이었다. 그렇다면 이야기가 달라진다.

도유강이 풍천을 돌아봤다.

"풍천!"

"하명하십시오."

"십대악인을 아느냐?"

"직접 대면한 적은 없습니다. 그저 떠도는 풍문을 들어보았을 뿐입니다."

"그자들은 어떤 자들이냐?"

"악인이라고 부르기 민망한 자들입니다. 원래 소문이란 현실보다 과하게 전해지게 마련인데 그 덕분에 악인도 아닌 것들이 악인의 명성을 얻은 것입니다. 주군의 뭇 수하들은 십대악인을 '순진한 놈들'이라고 부르는 자들이 허다합니다."

"네에?"

놀라 입을 쩍 벌린 것은 동정용왕이었다.

풍천이 바로 호통쳤다.

"조용히 해라. 주군과 대화를 나누고 있지 않느냐!"

동정용왕은 어깨를 움츠렸다. 그러나 등줄기로 어느새 서늘한 한기가 일고, 머리는 쇠몽둥이로 강타당한 듯 커다란 충격을 받고 말았다.

십대악인이 '순진한 놈들' 이라니. 나쁜 놈도 아니고, 순진한 놈이라고 했다. 대체 유강이 뭐 하는 놈이고, 유강의 수하들이 얼마나 잔혹한 놈들이기에 십대악인이 코웃음조차 안 되는지 이해할 수가 없었다.

도유강이 고개를 끄덕였다.

"그렇구나."

동정용왕의 눈이 더 이상 커질 수 없을 만큼 커졌다.

'이 새끼 수긍하는 거냐! 그런 말에 고개를 끄덕이는 것이 아니란 말이다!'

정체가 궁금해 미쳐 버릴 것 같았다. 하지만 또 섣불리 정체를 알면 안 될 것도 같았다. 모르는 게 약인 경우가 강호엔 허다한 것이다. 특히 사악한 놈들일수록.

동정용왕이 머리가 하얗게 되어 반쯤 혼미해졌을 때, 도유강은 풍천의 말뜻을 바로 알아들었다.

풍천이 말한 주군의 수하들은, 마교의 초절정마인들이었

다. 십대악인이고 뭐고 간에 진정 잔악함을 따지자면 비교 자체가 안 되는 것이다.

단박에 몇 명이 떠오르기까지 했다.

사령법사(死靈法士)는 오래전에 실전된 활강시를 만든다고 산 사람을 잡아다 온갖 실험에 몰두했고, 음협환마(陰俠幻魔)는 고금 이래 최고의 안법을 창시한다면서 눈알을 수집하고 다녔다.

아니다. 굳이 멀리 갈 필요도 없다.

당장 풍천이 눈앞에 있지 않는가.

흑룡방을 몰살시키고, 천하를 위해 반드시 살아 있어야 할 신의를 죽여 버리기 직전까지 몰고 가고, 장강에서는 인어선(人魚船)을 만들어내기도 했다. 마차가 필요했다면 말 대신 사람을 묶어 채찍질하고도 남을 놈이었다.

십대악인이 별 지랄발광을 해도 마교의 마인들 앞에서는 명패를 내밀기도 힘든 것이다.

생각이 거기에 이르자, 도유강은 절로 한숨이 났다.

자신은 그 무지막지한 마인들의 수장이 될 운명이 아닌가.

"그렇지. 그깟 십대악인 따위가 나쁜 놈 축에 낄 수는 없는 노릇이지. 휴우······."

"그렇습니다, 주군."

풍천이 나직이 동의했다.

동정용왕의 머리가 더욱 혼미해지면서 뇌가 절반쯤 날아

가 버리려 할 때였다.
 도유강이 나직이 물었다.
 "얼마나 남았느냐?"
 "거, 거의 목적지에 이르러 갑니다."
 동정용왕이 대답했다.
 도유강이 풍천을 돌아봤다.
 "풍천, 소란을 피하도록 하라. 동정용왕의 지위를 적극 활용해 백룡부주와 단독면담할 수 있도록 하라."
 "존명!"

 무한에 도착한 것은 자정이 넘어서였다.
 화려하게 빛나는 무한의 홍등가를 지나칠 때 풍천이 나직이 말했다.
 "주군, 곧 백룡부가 마중을 나올 것 같습니다."
 도유강도 이미 느끼고 있었다. 일반 취객들 사이로 수상한 그림자들이 분주히 움직이기 시작한 것이다. 동정용왕의 등장이 가져온 은밀한 변화였다.
 일각도 지나지 않아 백룡부는 마중을 나왔다.
 "동정용왕은 멈추시지요!"
 맞은편 전각 위에서 뾰족한 음성이 터져 나왔다.
 삼십대 초반으로 보이는 여인이었다. 한줄기 바람이 불어오자 연분홍빛 옷깃이 너울거리며 춤을 췄다.

그와 동시에 주변 전각 위 좌우로 약 오십여 명에 이르는 검은 그림자들이 활시위를 겨누었다. 활촉이 달빛을 받아 번들거리는 것이 독화살이었다.

동정용왕이 작은 목소리로 상대를 소개했다.

"저 여인은 백룡부 와별대 대주 백나찰입니다."

여인이 신형을 날려 오 장 간격을 두고 내려섰다.

"호호호, 동정용왕이 틀림없군요. 야심한 밤에 어인 행차이신지요?"

"백나찰, 백룡부주와 긴히 할 이야기가 있으니 안내하라."

동정용왕이 말했다.

백나찰이 다시 웃음을 터뜨렸다.

"호호호, 아, 이런이런……. 제 눈이 잘못된 것일까요? 아니면 제 귀가 잘못된 것일까요? 그것도 아니라면 동정용왕께서 노망이 들고 만 것일까요? 야심한 밤에 사전 요청도 없이 대뜸 부주님을 뵙겠다니 무례하기 짝이 없군요."

동정용왕의 얼굴이 바로 붉으락푸르락해졌다.

백룡부주도 아니고 그 수하에게 노망 소리를 듣다니. 어느 정도 예상은 했지만 막상 눈앞에서 수모를 당하자 동정용왕은 분노로 위장이 뒤틀릴 지경이었다.

그러나 한순간 번쩍하고 기막힌 생각이 떠올랐다.

'그래, 차라리 잘되었다. 백나찰이 심기를 자극하는 건 기회다. 이걸 빌미로 상쟁하게 되면 백룡부를 이 밤에 지워 버

릴 수 있을 것이다.'

그사이 백나찰의 말은 계속 이어졌다.

"칠당주 등무극이라도 데리고 오신 것입니까? 아무리 봐도 뒤에 선 자들 중에 등무극은 없는 것 같아서 말이죠. 자, 그럼 저자들은 누구일까요? 여군효는 당장 눈앞으로 나오라!"

그녀의 외침에 한 사람이 좌측 지붕 위로 모습을 드러냈다.

"여군효가 여기에 있습니다. 대주님, 저자들이 맞습니다. 저들이 동룡선을 탈취한 자들입니다."

백나찰이 웃음을 흘렸다.

"호호호, 이거 고마워 몸둘 바를 모르겠군요. 동정용왕이 노망이 들어도 단단히 들어 백룡부가 원하는 귀한 손님들을 모시고 오셨군요."

동정용왕은 속으로 쾌재를 불렀다. 이 정도면 분노를 폭발해도 충분할 정도의 수모였다. 이것으로 백룡부는 끝이다.

"흥, 네년이 살고 싶은 마음이 없나 보구나. 본왕이 호의를 가지고 왔거늘, 피를 보길 원한다면 어쩔 수 없구나."

동정용왕이 내력을 끌어올리며 신형을 날렸다.

그때였다.

짜악!

시원한 타격음과 함께 동정용왕이 막 몸을 솟구치던 상태에서 철퍼덕 하고 쓰러졌다.

갑작스러운 변고에 백나찰이 흠칫 어깨를 떨며 반걸음 물러섰다. 입은 이미 쩍 벌어졌다. 그녀로서는 도저히 믿을 수 없는 광경이었다.

동정용왕이었다. 장강수로채의 대왕인 동정용왕이 가녀린 처자처럼 쓰러져 뺨을 매만지고 있다. 바로 몸을 일으켜 반격하지도, 분노를 터뜨리지도 않고 그저 서글픈 표정만 짓고 있었다. 정녕 눈으로 보고 있음에도 현실로 와 닿지가 않았다.

뺨을 내갈긴 풍천이 천천히 걸음을 옮겼다.

꽈악!

풍천이 동정용왕의 머리를 지그시 밟았다.

"어디서 감히 경거망동이냐. 주군께서 소란을 피하라 하셨거늘……."

도유강이 고개를 저으며 말했다.

"풍천, 발을 치워라."

동정용왕이 분쟁을 키우려는 의도를 지닌 것은 손바닥 들여다보듯 훤했다. 풍천은 제때 잘 막아섰다. 이놈은 정작 스스로 소란을 피울 때는 가차없으면서 오랜만에 제 역할을 다한 셈이었다.

그래도 더 이상 동정용왕의 체면을 망가뜨리는 것은 심한 일이었다.

"존명!"

풍천이 발을 떼고 물러섰다. 그럼에도 동정용왕은 충격이 좀처럼 가시지 않는지 몸을 일으키지 못했다.

도유강이 백나찰을 향해 말했다.

"목숨을 중히 여겨라. 난 백룡부를 학살하러 온 것이 아니다. 죽이지 않겠다고 약속하마. 그저 몇 가지 확인할 것이 있을 뿐이니 백룡부주에게 안내하라."

풍천이 뚱하니 바라봤다.

"왜 그러느냐?"

도유강이 물었을 때였다.

백나찰이 명을 내렸다.

"학살하러 온 것이 아니라고? 죽어서도 조롱할 수 있는지 보겠다. 쏴라!"

도유강의 말은 순수했고, 현실적인 말이었으나, 백나찰의 귀로 그 말이 들어갔을 때는 순수가 아닌 '싸우자'가 되고 만 것이었다.

슈슈슉, 슈슈슉…….

독화살이 빗발치듯 쏘아져 내렸다.

풍천이 도유강의 앞을 가로막고, 검을 네 번 빠르게 그었다. 검벽이 사방을 병풍처럼 두르며 화살을 막아냈다.

동정용왕은 어느새 일어나 미친 듯이 춤을 추며 장력으로 화살을 내치고 있었다.

그러다 한순간 화살이 멎었다.

"끼이야아!"

궁수들 너머에서 쇠를 긁는 듯한 소리와 함께 이십여 명의 검은 그림자가 솟구치며 날아들었다. 그들은 은빛 가면을 뒤집어쓰고 있었다. 백나찰도 그들과 한데 어우러져 신형을 날려왔다.

도유강은 입술을 깨물었다. 이젠 멈춰도 멈출 수 없게 되고만 것이다.

그때였다.

"멈춰라!"

천지를 강타하는 한줄기 외침과 함께 한 인영이 은빛가면과 백나찰 사이로 파고들었다. 그는 가공할 속도로 백나찰의 머리를 가격한 데 이어 은빛가면 중 유독 장대한 체구를 지닌 자의 목을 틀어쥐었다.

빠악! 빠악!

박 터지는 소리에 이어 '끄어억!' 소리가 흘러나왔다.

그와 동시에 은빛가면들이 일제히 무릎을 꿇고, 지붕 위의 궁수들도 머리를 숙였다.

"부주님을 뵙습니다."

'응?'

도유강은 의문에 사로잡혔다.

은빛가면 중 하나의 목을 틀어쥔 자는 늙고 초라한 꼽추였다. 동정용왕의 설명대로라면 그가 백룡부주인 것이 틀림없었다.

그런데 왜 수하를 제압한단 말인가?

미모를 뽐내던 백나찰은 머리에서 피를 흘리며 한쪽에 구겨져 신음을 흘리고 있었고, 은빛가면은 숨이 막혀 죽을 듯 고통스럽게 몸을 꿈틀거렸다.
 꼽추가 은빛가면을 아무렇게나 집어 던지고는 입을 열었다.
 "노구의 몸이라 영접이 늦었습니다. 미리 전갈을 주셨다면 수하들을 단속하였을 터인데 경황 중이라 그만 무례를 범하고 말았습니다. 용서하십시오."
 꼽추는 언행이 공손하기 이를 데 없었다.
 도유강이 동정용왕을 바라봤다.
 "백룡부주입니다."
 동정용왕이 바로 확인해 주었다.
 이번에 풍천을 노려보며 전음을 날렸다.
 [네 짓이냐? 이미 백룡부에 다녀왔던 것이냐?]
 [주군, 소인은 오늘 주군 곁을 떠난 적이 없습니다.]
 풍천이 거짓을 말할 리 없었다. 풍천 입장에선 '지존'의 목숨이 날아갈 뻔한 날이었으니, 석상이 되어 곁을 지키는 것만 생각했으리라.
 [과한 친절이 신경 쓰이는구나. 도대체 날 언제 봤다고.]
 도유강이 비록 강호 경험이 일천하나 드러내 놓고 화를 내는 자보다 웃는 얼굴로 칼을 숨기는 자를 경계해야 한다는 것쯤은 알고 있었다.

최근 무범촌에서도 일반인들임에도 불구하고 따뜻한 응대 속에 살인을 모색하지 않았던가.

  그때 풍천의 전음이 들려왔다.

  [주군, 동정용왕의 말대로 십대악인이 맞나봅니다. 원래 흉악한 자들은 더 흉악한 것이 무엇인지 본능적으로 알아차리고 굽히는 데 주저하지 않기 때문입니다. 하나 수작을 부린다면 곧바로 죽여 버리겠습니다.]

  도유강이 고개를 끄덕이고 백룡부주에게 말했다.

  "호의를 받아들이도록 하겠다. 안내하라."

第二章
지존의 위엄

전전긍긍
마교교주

도유강은 태사의에 앉았다.
오른쪽에 풍천이, 왼쪽으로 동정용왕이 시립했다.
반면 백룡부주는 면전에 무릎을 꿇고 있었다.
도유강은 눈을 가늘게 뜨고 백룡부주를 바라봤다.
아무리 봐도 이건 도가 지나쳤다.
백룡부주와는 일면식도 없었다. 풍천이 미리 다녀가 겁을 준 것도 아니다. 그런데도 그는 마치 당연하다는 듯 극도로 몸을 낮추고 있는 것이다.
하북 녹림총채부터 지금까지 거쳐 온 길이 살벌하긴 했어도 백룡부의 귀에까지 들어갈 정도는 아닐 텐데 도대체 이해할 수 없는 모습이었다.

도유강이 입을 열었다.

"밤도 깊었으니 바로 본론으로 들어가지. 솔직하게 대답한다면 이번만큼은 눈감아줄 용의가 있다. 그대가 오늘 내게 사람을 보냈느냐?"

백룡부주가 굽은 몸을 더욱 낮췄다.

"네, 수하를 보냈습니다."

"뭐라고?"

도유강이 너무 놀라 상체를 당겼다.

스릉!

풍천이 검을 뽑았다. 어느새 스산한 살기가 피어났다.

도유강은 기가 막혀 입술이 덜덜 떨릴 지경이었다. 솔직해도 너무 솔직했다. 이런 뻔뻔함은 난생처음이었다. 고작 그깟 일로 암살자를 보냈다는 것도 놀랍고, 용서하겠다는 말에 바로 이실직고하는 것도 경악스러웠다.

그리고 이 밤에 자신의 수하들을 제압하며 머리를 조아린 것도 이해할 수가 없었다.

용서하겠다고 말한 것은 거짓이었다. 익사당할 뻔했다. 꿈도 다 이뤄보지 못하고 말이다. 용서란 당연히 백룡부의 소행이 아니라고 생각했기에 꺼낸 말이었다.

"가증스러운 놈!"

백룡부주가 얼굴을 들었다.

뻔뻔하게도 당혹스런 표정이 가득했다.

"무슨 말씀이신지요? 선물이 마음에 들지 않으셨습니까? 혹시 몰라 두 번째 선물을 준비하고 있었습니다."

"두 번째? 허허허허… 기도 안 차는군. 잘도 당황스런 표정을 짓는구나. 네가 말한 그 선물이 저승행 마차는 아니겠지? 풍천, 저자를 죽여라!"

백룡부주가 뒤로 펄쩍 솟구쳐 물러났다.

"존명!"

풍천이 연기처럼 사라지고 어느새 백룡부주의 면전에 이르러 검을 그어갔다.

스윽!

그 순간 백룡부주의 몸에서 수십 가닥의 붉은 빛이 뻗어 나왔다.

쏴아아!

그건 마치 폭죽이 터지면서 빛이 뿜어져 나오는 것처럼 신기한 광경이었다.

풍천이 검을 부챗살처럼 휘둘러 붉은 빛 가닥을 잘라냈다. 붉은 빛은 절반이나 잘려나가 그 빛을 잃고 바닥에 떨어졌다.

"적금사(赤錦絲)! 흑심조객(黑心弔客)!"

동정용왕이 놀란 음성으로 외쳤다.

"흑심조객? 아는 자냐?"

"십대악인 중 한 명인 흑심조객이 독문무기로 적금사를 사용한다고 들었습니다."

지주잠령을 통해 안력이 예전과 비교할 수 없을 만큼 진보한 도유강은 백룡부주가 쏘아낸 붉은 빛이 특수한 실에 내력을 불어넣은 것임을 알아볼 수 있었다.

"역시 흉악한 놈이었군."

풍천은 이때 자세를 고쳐 잡고 있었다.

검신이 황금빛으로 물들며 강기가 맺혔다. 찰나적으로 검신이 검강에 휩싸여 두 배로 늘어났다.

"거, 검강……."

동정용왕이 기겁해 더듬거렸다.

"허억!"

백룡부주도 안색이 하얗게 질리는가 싶더니 신형을 날려 천장으로 솟구쳤다.

풍천이 따라 오르며 검을 그었다. 금빛 광망이 용이 승천하듯 천장 전체를 뒤덮었다.

백룡부주가 간발의 차이로 좌측 벽면으로 신형을 틀었다.

콰광!

검강에 휩싸인 천장이 통째로 가루로 화했다.

도유강이 천장을 올려다봤다. 방금 전까지 존재하던 천장이 말끔히 사라져 밤하늘이 고스란히 드러났다.

'허허, 별이네…….'

현재 이곳은 오 층 전각의 오층!

밤하늘의 무수한 별들이 한눈에 보였다. 각도가 안 맞는지 달은 아직 보이지 않았다. 풍천이 밤 풍경을 선물하려고 한 것이라면 성공이라고 말해주고 싶을 정도였다.

서로 간의 전력차는 확연했다. 풍천의 압도적인 무위에 백룡부주는 도주하기에도 정신이 없어 보였다. 심지어 적금사조차 발출할 엄두를 내지 못하고 있었다.

그때였다. 검강이 좌측 벽면을 휩쓸었다.

콰광!

좌측 벽면이 통째로 먼지처럼 흩날렸다.

아까까지 보이지 않던 달도 보이기 시작했다.

콰광! 콰광!

우측 벽면, 그리고 이어 맞은편 벽면이 날아가 버리더니 아래층으로 오가는 복도 쪽 계단도 절반이나 무너져 내렸다.

그 덕분에 원래 오층은 내실이었고 아늑한 공간이었으나, 지금은 한낱 옥상이 되어버렸다. 그리고 도유강은 온갖 잔해물과 돌가루만이 사방에 흩날릴 뿐인 이 옥상에서 꿈쩍도 하지 않은 채 태사의에 앉아 먼지만 뒤집어쓰고 있었다.

휘위잉…….

옥상이란 것을 확인시켜 주려는 듯 밤바람이 멋대로 불어와 머리결을 날렸다.

극도로 현실감이 사라져 간다.

소외된 것도 같다.

풍천의 추격과 백룡부주의 도주는 술래잡기마냥 계속 이어졌다. 백룡부주는 밖으로 빠져나가고 싶은 것처럼 보였으나 번번이 실패했다. 풍천의 검강이 그의 퇴로를 여지없이 차단했기 때문이다. 이는 마치 배부른 고양이가 쥐를 가지고 놀면서 온 집안을 다 때려 부수는 것 같은 모습이었다.

슬쩍 고개를 들어 동정용왕을 바라봤다.

괜히 봤다.

좌측에 선 동정용왕은 조각상처럼 굳어버린 지 오래였다.

쩌저적.

이젠 급기야 바닥마저 지진이 난 듯 균열을 보이기 시작했다.

"쥐새끼 같은 놈!"

풍천이 최후의 일격을 가하려는지 검강이 천장 높이보다 더 높게 치솟았다.

백룡부주가 몸을 부들부들 떨더니 한순간 울음 섞인 소리를 내질렀다.

"저는 억울합니다! 금은보화를 보냈을 뿐이거늘 어찌하여 죽음의 마차라고 하십니까? 제가 무슨 잘못을 했단 말입니까?"

금은보화라고? 직감적으로 뭔가 잘못되었다는 느낌이 들었다. 돌이켜보면 앞선 상황들도 도무지 이해 안 되는 것투성이였다.

"풍천! 멈춰라!"

백룡부주는 암살자의 태도가 아니었다. 그는 처음이나 죽음 직전의 지금이나 그 태도가 일관되게 공손했다. 게다가 전각이 통째로 날아가는 이 난리통 속에서도 수하들은 단 한 명도 보이지 않았다. 백룡부주가 사전에 단속을 시키지 않았다면 불가능한 일이었다.

풍천이 즉시 검을 사선으로 내렸다. 검강을 유지한 채라서 검끝이 바닥을 두부처럼 뚫고 들어갔다. 쩌적, 하며 바닥이 갈라졌다.

도유강이 말을 이었다.

"백룡부주, 무슨 말이냐? 허튼수작을 부린다면 죽는 것조차 쉽지 않을 것이다."

백룡부주가 바로 무릎을 꿇었다.

"저는 오늘 오전에 제 오른팔인 공보학 편으로 장강수로채에 선물을 보냈습니다. 금은보화와 진귀한 패물들로 쉽게 구하기 힘든 보물들입니다."

"말도 안 되는 소리. 네가 선물을 보낸 것이 사실이라면 어찌하여 무한에 당도하자마자 네 수하들이 살기등등하게 달려들 수 있단 말이냐!"

"그 일은 소인이 백룡부의 수뇌들에게조차 말하지 않고, 은밀히 선물을 보냈기 때문입니다."

도유강이 고개를 저었다. 그래도 의문은 남는다.

"백룡부주, 너는 수하를 잃고 배를 탈취당했다. 그럼에도 선물을 보내다니. 그 말을 내가 믿을 성싶으냐!"

쿵! 쿵! 쿵!

백룡부주가 바닥에 이마를 찧어댔다.

"홀로 빠져나온 여군효의 전언 때문이었습니다. 등평도수로 물 위를 걸어 칠당주 등무극과 나머지 수하들을 포획하셨다는 말에 감히 대적할 마음이 들지 않았습니다."

백룡부주가 이어 동정용왕을 향해 소리쳤다.

"동정용왕, 네놈이 날 죽이려고 작정했구나! 왜 그 일을 이분들께 숨긴 것이냐!"

동정용왕이 바로 받아쳤다.

"백룡부주 너의 악랄한 심계를 모를 줄 아느냐! 앞에서는 보물을 보내 안심시킨 후 은밀히 암살을 시도한 것이 아니냐! 나는 그 때문에 네 보물에 대해서 말씀드리지 않은 것이다."

"무슨 개소리냐!"

"네놈이 수작을 부린 것이 어디 한두 번이었느냐, 이 빌어먹을 꼽추 놈 같으니!"

"진작에 네놈을 죽여야 했거늘 살려둔 것이 이런 후환을 불러오는구나."

"내가 할 소리다. 네놈이 십대악인 중 하나인 줄 알았다면 무슨 수를 써서라도 죽여 버렸을 것이다."

둘의 말싸움은 급기야 살기를 띠기 시작했다.

쿵!

"모두 닥쳐라!"

풍천이 발을 굴리며 외쳤다.

동정용왕과 백룡부주가 몸을 움츠렸다.

이미 금이 가 있던 돌바닥은 결국 견디지 못하고 삼분의 일이 무너져 내렸다. 도유강이 앉은 태사의도 한쪽으로 기우뚱 기울었다.

"너희 두 놈이 죽고 싶어서 미쳐 돌아가는구나. 주군 앞에서 무슨 무례한 짓이냐!"

풍천이 이어 도유강 쪽을 향해 머리를 조아렸다.

"주군, 이 두 놈 모두 죽여 버려야겠습니다. 허락해 주십시오."

도유강이 고개를 젓고 일어났다.

소란을 원치 않았거늘, 내실에서 밤하늘까지 보고 말았다.

이제 정리정돈을 해야 할 때였다.

"동정용왕, 묻겠다."

"말씀하십시오."

"백룡부가 보낸 금은보화와 잃어버린 동룡선 중에서 어느 것이 더 값어치가 높은 것이냐?"

"그, 금은보화입니다."

"얼마나?"

"수십, 아니, 수백 배입니다."

"그렇구나. 백룡부는 배 한 척 잃은 것이 아깝고 원통해 날 죽이려 했구나. 그것도 배 한 척보다 수백 배는 더 값나가는 보물을 장강수로채에 보내고서 말이다. 그렇지?"

"저, 저… 그게……"

동정용왕의 낯빛이 흙빛이 되고 말았다.

도유강이 주변을 두리번거렸다. 도저히 참을 수 없었다. 이런 소란 따윈 피우고 싶지 않았다. 쓸데없이 악명만 높아지고 만다. 이 망할! 가만두지 않겠다. 도유강이 무언가 찍어버릴 것을 찾자, 풍천이 바로 알아차리고 태사의를 건넸다.

도유강이 의자를 받아 들고 동정용왕의 머리를 내리찍었다.

쫘작!

의자가 산산이 부서졌다.

"간악한 놈 같으니! 네놈이 사실대로 말했다면 굳이 밤을 도와 백룡부까지 올 필요도 없는 일이었다. 자칫 백룡부를 피바다로 만들 뻔하지 않았느냐!"

동정용왕은 고개를 푹 숙이고 참담한 표정으로 서 있었다.

의자의 파편이 머리를 수놓고 있었다.

무한에 오자마자 뺨을 맞고, 이젠 의자에 찍혔다. 백룡부를 쓸어버릴 수 있다는 희망은 물거품이 되고 그 대신 서러움만이 뭉게뭉게 피어났다.

그때 풍천이 외쳤다.

"이놈! 주군께서 손을 쓰셨거늘 계속 서 있겠다는 것이냐! 오늘 아주 죽여 버리겠다."

그 즉시 동정용왕이 눈을 까뒤집고 혼절하듯 쓰러졌다.

풍천이 흡족하게 고개를 끄덕이고 이번엔 백룡부주를 노려봤다.

"주군 앞이다. 역용을 풀어라. 그 누구도 역용한 채로 주군을 뵐 수 없다."

도유강이 고개를 갸우뚱거렸다. 지주잠령을 통해서도 역용의 흔적은 전혀 찾아볼 수 없었기 때문에 풍천이 괜히 트집을 잡아 죽여 버리려는 수작 같았다.

그러나,

"죄송합니다."

백룡부주가 몸을 일으키며 시인했다.

두드드득…….

뼈마디 어긋나는 소리와 함께 백룡부주의 모습이 서서히 변하기 시작했다.

굽은 등이 곧게 펴지고, 등 뒤의 혹이며, 얼굴에 핀 저승꽃이 사라져 갔다. 이윽고 역용이 완전히 해제된 백룡부주의 모습은 독수리를 닮은 초로인으로 바뀌었다.

정녕 놀라운 역용술이었다.

"역용한 것을 보니 십대악인인지 뭔지가 틀림없나 보군."

도유강이 말했다.

백룡부주가 공손히 대답했다.

"흑심조객이라 불렸습니다. 이름은 범공입니다."

"네 별호나 이름 따윈 관심없다."

"죄송합니다."

"확인이 끝났으니 이곳에 더 머무를 이유가 없다. 백룡부주! 너는 앞으로 동정호 주변을 내왕치 말라. 수하들 단속도 철저히 시켜야 할 것이다. 또한 선물도 귀찮을 뿐이니 쓸데없는 짓 하지 말도록."

"명심하겠습니다."

"가자!"

"네!"

도유강이 걸음을 옮기자, 풍천이 그 뒤로 그림자처럼 따라붙었다. 죽은 척 누워 있던 동정용왕도 슬그머니 일어나 뒤따랐다.

흑심조객이 재빨리 앞장서며 말했다.

"제가 배웅하겠습니다."

"번거롭다."

도유강이 일갈하고 걸음을 옮겼다. 그러다 우뚝 멈춰 섰다.

길이 없다.

이곳은 오층!

계단도 사층까지는 완전히 붕괴되어 버렸다.

도유강이 주변을 빙 둘러봤다. 폐허다.

그렇다. 가는 곳마다 폐허 아니면 피바다인 것이다.

나오느니 한숨뿐이다.

"휴우……."

도유강이 신형을 날려 한 마리 비조처럼 일층까지 바로 뛰어내렸다.

그 뒤를 동정용왕이 따랐다.

풍천은 막 신형을 날리려다 흑심조객을 향해 돌아섰다.

흑심조객이 마른침을 삼켰다.

풍천이 검지를 들어 흑심조객의 이마를 톡톡 쳤다.

"주군의 말씀을 명심해야 할 것이다. 앞으로 눈에 띄면 그땐… 죽여 버린다."

*　　　*　　　*

불청객은 떠났다.

흑심조객은 자신도 떠날 때가 되었다는 것을 깨달았다.

백룡부주로 사는 삶은 오늘이 끝이었다.

정체가 드러난 이상 더 머무는 것은 무모한 짓이었다.

마음이 급해졌다.

당장 떠나야 했다.

하지만 그전에 처리해 두어야 할 일이 있었다.

그는 꼽추로 역용하고, 청탑의 꼭대기 층으로 올랐다.

쿵!

문을 부술 듯 열고 흉흉한 눈빛을 빛냈다.

"사부님!"

누운 채로 무상귀가 외쳤다. 그 곁으로 통천귀와 백발귀가 영문을 모르겠다는 표정을 짓고 누워 있었다.

흑심조객이 손을 놀려 해혈했다.

그러자 튕기듯 세 사람이 몸을 일으켰다.

"사부님, 어찌 저희에게 손을 쓰신 것입니까?"

무상귀의 물음에 흑심조객은 입이 아닌 손으로 대답했다.

짜악!

시원스럽게 무상귀의 뺨이 돌아갔다.

"사, 사부님······!"

"닥쳐라! 내가 네놈을 잘못 가르쳤구나. 어찌 이리도 안목이 형편없단 말이냐! 도대체 네놈은 누굴 건드린 것이냐! 네가 모습을 드러냈다면 난 오늘이 제삿날이 되었을 것이다."

"무, 무슨 말씀이신지······."

무상귀는 여전히 얼떨떨하기만 했다. 반 시진 전, 사부는 갑작스럽게 혈도를 제압하더니 이곳 탑 꼭대기에 던지다시피 하고 돌아섰던 것이다. 설명은 아무것도 듣지 못했다.

"미련한 놈! 그들이 이곳을 찾아왔었다."

"그들이라면 혹시?"

이심전심으로 알아들을 수 있었다.
"그렇다. 이 망할 놈아!"
"그들은 지금 어디에 있습니까?"
무상귀가 눈에 불을 켰다. 당장 뛰쳐나갈 태세였다.
짜악!
다시 흑심조객이 무상귀의 뺨을 내갈겼다.
"아직도 정신을 못 차리고 있구나. 너는 그자가 누구인지나 알고 지껄이는 것이냐!"
무상귀가 멍하니 바라봤다.
흑심조객이 인상을 찡그렸다.
"이렇게 어리석다니… 풍천이란 자와 겨루었다. 아니지, 젠장할. 겨룬 것이 아니라 목숨을 부지하기에 바빴다. 내 독문병기인 적금사를 그자는 일검에 절반이나 잘라냈다. 그뿐이냐, 그가 일으킨 금빛 검강은 마검이었고, 그 위력은 이 강호에서 단 한 번도 본 적도, 들은 적도 없는 것이었다. 이 빌어먹을 놈아, 아직도 모르겠냐! 네놈들이 죽이려는 자가 천하제일을 다툴 만큼 엄청난 놈이라는 것이다! 운이 좋아서 흑룡방을 몰살시킨 것이 아니란 말이다!"
무상귀 등은 잠시 정리가 안 되는지 꿀 먹은 벙어리가 되었다. 흑심조객이 말을 이었다.
"그런데 그런 자의 신분이 고작 심복이다. 그 어린놈의 정체가 무엇인지 상상할 수 있겠느냐! 도대체 세상 천지에 마검에 칠 장여까지 치솟는 검강을 쓰는 자를 하인처럼 부리는 자가 어디에 있겠느냐! 그러나 있다. 마교라면 가능하지. 그 어린놈이 마교의 최고위급 인물일 때만 그런 일이 가능하단 말이다. 어쩌면 마교의 소교주일 수도 있겠지. 내가 비록 의제들을 잃고, 개방에 추격을 당하는 몸이나 개방 따위를 어찌 마교에 비할 수 있단 말이냐! 정파의 모든 문파의 고수들이 일치단결했을 때라야 겨우 마교와 대등하거나 미세하게 우위를 점할 수 있다. 단일 문파로는 그 누구도 어림도 없지. 만약 마교에서 날 쫓는다면 그 시로 내 목숨도 끝이다. 오늘도 내가 어떻게 살아났는지 기이할 따름이니까."

"그, 그럴 리 없습니다."

"이 빌어먹을 놈이 아직도 정신을 못 차리고 있구나. 안 되겠다. 네놈들의 모가지부터 원래대로 돌려놔야겠다. 이 일로 꼬투리를 잡히고 싶지 않다."

무산삼귀가 대응하기도 전에 흑심조객은 신속하게 점혈해 버렸다. 이어 침통을 꺼내 손바닥과 손등에 꽂아 넣었다. 목을 바로 할 때의 역순으로 진행하면 백팔십 도로 돌릴 수 있다.

"사, 사부님!"

무상귀가 당혹감에 젖어 외쳤다.

"닥쳐라! 네놈과는 사제의 연을 끊겠다. 앞으로 다시는 사부라고 부르지 마라."

흑심조객이 무상귀의 목을 움켜잡았다.
"참아라. 곧 끝난다."
뚜득!
"끄아아악!"
무상귀의 목이 구십 도에서 조금 더 나아갔다.
흑심조객이 고개를 갸웃했다.
"괴이하군. 왜 안 되는 걸까?"
다시 목을 반듯하게 하고, 손에 꽂은 은침의 위치를 재차 점검했다.
"사부님, 그만두십시오."
"누가 네놈의 사부라는 것이냐!"
흑심조객이 무상귀의 모가지를 잡고 있는 힘껏 돌렸다.
뚜드드드득!
무상귀의 목이 백팔십 도로 깔끔하게 돌아갔다.
비로소 흑심조객은 환하게 웃음을 머금었다.
"하하하, 별것 아니었구나."
그러나 이내 흑심조객은 안색을 굳혔다.
무상귀가 이상했다. 혀를 길게 내밀고, 눈도 검은 눈동자는 사라지고 흰자위만 가득했다.
"설마……."
맥을 짚어보았다. 설마는 사실로 드러났다.
"흐음, 죽어버렸군."

그 소리에 통천귀와 백발귀가 울부짖었다.

"형님!"

"대형!"

무산칠귀는 잔혹한 자들이었다. 세상은 그들을 두려워했다. 그러나 그들끼리의 결속은 마치 피를 나눈 형제처럼 굳건했다. 비록 한날에 태어나지 못하였으나 죽음은 함께하기로 맹세했다.

그러나 다섯이 가고, 남은 건 둘뿐이었다.

대형까지 떠나자 통천귀와 백발귀는 더 이상 살아야 할 이유를 찾지 못했다. 원수가 마교란다. 거기다 대형의 사부란 자는 목을 정상으로 돌려놓고, 다시 역으로 돌려놓으려고 하고 있었다.

통천귀와 백발귀는 의견을 나누지 않았지만 이미 한마음이었다.

둘은 동시에 잠력을 격발했다.

이내 몸이 부풀어올랐다. 기혈이 온몸에 충천하며 막힌 혈도가 뚫렸다.

"씨발, 우리보고 어쩌라는 것이냐!"

"흑심조객, 너도 함께 죽자!"

흑심조객이 훌쩍 뛰어 물러섰다.

"이 미친놈들……."

통천귀와 백발귀가 신형을 날려 덮쳐 왔다.

흑심조객이 적금사를 발출했다. 붉은 빛줄기가 통천귀와 백발귀를 쓸어갔다.

사사삭!

통천귀가 몸을 솟구치고, 백발귀는 조금 늦었다.

"크아악!"

붉은 빛이 번쩍하며 백발귀의 두 다리가 싹둑 잘려 나갔다.

통천귀는 그 틈에 흑심조객의 면전에 이르렀다.

"너도 죽어야 한다, 너도!"

흑심조객이 일갈했다.

"망할 놈, 적통원선(赤通圓線)!"

적금사의 붉은 빛이 통천귀의 목을 휘감았다.

슈각!

통천귀의 목이 어깨에서 떨어져 나갔다.

그사이 백발귀의 몸이 흰빛에 휩싸였다.

"안 돼~"

흑심조객이 사색이 되어 외치며 창밖으로 신형을 날렸다.

콰광!

커다란 굉음과 함께 청탑 꼭대기 층이 폭발했다.

천장엔 구멍이 뚫리고, 사방 벽이 허물어졌으며, 폭발의 여력으로 문짝이 하염없이 날아가 허공을 가로질렀다.

*   *   *

콰광…….

굉음을 따라 도유강이 시선을 돌렸다.

쾌속선은 막 물살을 가르는 중이었다.

"저곳은 백룡부가 아니냐?"

"그렇습니다."

동정용왕이 대답했다.

탑 꼭대기 층이 진천뢰라도 터진 듯 산산이 부서지는 광경이 한눈에 들어왔다. 수많은 파편 속에서 문짝이 새처럼 밤하늘을 날고 있었다.

"성격있군. 속으로는 꽤 분했다는 것인가……."

도유강이 나직이 중얼거렸다.

"주군, 지금이라도 죽여 버리고 오는 것이 낫겠습니다."

풍천이 스산하게 말했다.

동정용왕의 얼굴에 화색이 돌았다.

도유강은 고개를 저었다.

"아니다. 보물까지 진상했는데 수모를 당했으니 나름 화를 낼 만도 하다. 게다가 누구라도 당사자가 없는 곳에서는 화풀이를 할 수 있는 것이다. 그 정도는 눈감아주어야 한다."

"존명!"

풍천이 바로 수긍했다.

동정용왕의 얼굴은 다시 우울해졌다.

동이 터오기 전, 천지에 옅은 빛이 스며들기 시작했다.
녹림왕은 용왕각 앞을 느릿하게 걷고 있었다.
하루 온 종일 여장을 해야 했고, 화장조차 지울 수가 없었기에 낮에는 방에 틀어박혀 술을 마시거나 잠을 자고, 밤이 깊어서야 비로소 바깥 공기를 쐴 수 있었다.
"후우, 벌써 아침이 오는군."
푸념하듯 한소리 내뱉은 녹림왕이 우뚝 걸음을 멈췄다.
용왕각 지붕 위로 낯익은 얼굴이 보였다.
풍천이었다.
어디서 구했는지 술병까지 들고 홀짝대고 있었다.
'저놈은 잠도 안 자나?'
풍천의 숙소는 따로 없었다. 굳이 숙소를 말하자면 지붕 위나 용왕각 주변이었다.
충성심도 좋지만 이 정도면 그냥 미친놈이었다.
그런데 오늘은 술병을 든 모습이 유달리 처량해 보였다. 격정에 사로잡힌 것도 같고, 당장 눈물을 흘릴 것도 같았다.
'하긴, 이런 생활이 싫어질 때도 있겠지. 잠도 못 자, 자유 생활도 없어, 어린놈에겐 꼬박꼬박 주군이라고 해야 되지, 주군이란 놈이 성격이라도 좋으면 모를까, 괴팍하고 변덕이 죽 끓듯 하니.'
불현듯 유강이가 오태산에서 부린 횡포가 떠올랐다.

몇 날 며칠 준비한 생일잔치이건만 성질을 내며 의자로 풍천을 찍어버렸다.

그 생각이 떠오르자 연쇄적으로 그다음 상황이 떠올랐다.

넋이 나간 풍천에게 따뜻한 말이라도 건넨답시고 다가갔다가 싸다귀를 맞고 말았다.

그때 풍천의 일갈은 아직도 잊을 수 없다.

"주군께서는 내 목숨을 취하지 않으시고, 기꺼이 아량을 베푸셨다. 나로선 이보다 감격스러울 수가 없거늘, 마음고생이라고? 이 빌어먹을 놈아, 당장 눈앞에서 사라져라."

부르르르…….

몸이 절로 떨렸다. 하마터면 그때의 실수를 되풀이할 뻔했다. 이놈은 미친놈이다. 위로의 말을 꺼내면 또다시 무슨 짓을 당할지 모르는 일이다. 미친놈과는 되도록 말을 섞지 않는 것이 최선이었다.

그렇게 녹림왕이 용왕각을 지나치려 할 때였다.

"녹림왕, 이리 올라오라."

녹림왕이 얼굴을 와락 일그러뜨렸다.

'개자식…….'

반항은 무의미했다.

"네."

곧바로 지붕 위로 신형을 날렸다.

"앉아라."

녹림왕이 앉자, 풍천이 녹림왕을 스윽 훑어봤다.

"여장을 충실히 이행하고 있구나. 속옷도 물론이겠지?"

"여성용입니다."

녹림왕이 씩씩하게 대답했다.

짜악~

풍천이 뺨을 걷어올렸다.

뺨을 어루만지며 녹림왕이 '왜 때리는데?'라는 표정으로 쳐다봤다.

"목소리가 걸걸하다. 그래서 누가 여자라고 믿겠느냐!"

'씨발놈, 해도해도 너무하네.'

하지만 속마음을 말할 순 없었다.

"죄송합니다."

녹림왕이 가성을 내며 가늘게 대답했다.

오래 있으면 좋지 않다. 몇 대를 더 처맞을지 모른다.

대충 말을 받아준 후 조속히 이 자리를 떠야 했다.

"홀로 술을 드시는 모습은 처음입니다. 백룡부에서 언짢은 일이라도 있으셨는지요?"

짜악~

녹림왕의 뺨이 불탔다.

"언짢다니! 감격에 겨워 몸둘 바를 모르겠거늘 무슨 망발이냐!"
 역시나 처량해하는 것이 아니었다. 이 미친 새끼.
 "죄송합니다."
 "핏줄이란 무시할 수 없다는 것을 새삼 깨달은 귀한 시간이었다."
 녹림왕은 혈통이 어떻게 되느냐고 물으려다 참았다.
 본능적으로 모르는 게 약이라는 생각이 뇌리를 스쳤기 때문이었다.
 풍천이 말을 이었다.
 "주군께서 백룡부에서 지존의 위엄을 드러내셨다."
 "소인으로서는 그 위대한 모습을 직접 보지 못한 것이 안타까울 따름입니다."
 "정녕 위대한 모습이셨다."
 풍천의 목소리가 감격에 일렁였다.
 녹림왕은 부쩍 호기심이 일었다.
 "어떠하셨는지요?"
 "죽여라!"
 "네?"
 "죽여라, 라고 말씀하셨다."
 풍천의 입매가 살짝 뒤틀렸다. 웃고 있는 것처럼 보였다.
 반면 녹림왕은 부서져라 이를 악물었다.
 '이런 미친 새끼들······.'

죽여라, 가 어째서 지존의 위엄이란 말인가!

죽여라, 가 어떻게 감격을 불러올 수 있단 말인가!

그거라면 녹림왕은 하루에도 수십 번 넘게 지존의 위엄을 보일 자신이 있었다.

풍천이 하늘을 올려다보며 홀리듯 중얼거렸다.

"죽여라! 죽여라! 죽여라!"

무슨 노래를 하는 것도 같고, 주술을 외우는 것도 같아서 갑자기 무섭기까지 해 악문 이를 더욱 세게 물었다.

"죽여라! 죽여라! 죽여라! 죽여라! 죽여라!"

녹림왕은 떨리는 몸을 진정느라 정신이 없었다.

'제발 그만! 그만둬, 이 새끼야! 무섭다고!'

그때 다시 풍천이 말했다.

"그뿐이 아니다. 후후후, 주군께선 화를 참지 못하시고 동정용왕을 의자로 찍어버리셨다. 한 가지 흠이라면 그 머저리가 곧바로 쓰러지지 않고 버티고 선 것이었지만."

"동정용왕을 말입니까?"

녹림왕이 놀란 음성으로 소리쳤다.

짜악~

녹림왕의 뺨이 세차게 돌아갔다.

"목소리!"

놀란 탓에 걸걸한 목소리가 터져 나온 것이었다.

"죄, 죄송합니다. 그런데 어떤 이유로 주군께서 동정용왕을 의자로 찍어버리신 것인지요?"

풍천이 녹림왕을 스윽 노려봤다.

녹림왕이 몸을 움츠렸다.

"뭐라는 것이냐! 주군께서 찍으시면 그냥 찍히는 것이다! 영광으로 알아야지."

"아… 네……."

짜악~

녹림왕의 뺨은 이제 붉은 홍시처럼 달아올랐다.

"네놈이 감히 이해할 수 없다는 것이냐?"

"아닙니다. 주군께서 죽으라고 하면 죽어야 합니다. 이유 따윈 아무 필요가 없습니다."

풍천이 그제야 흡족한 듯 고개를 끄덕였다.

"바로 그것이다. 아주 미련하진 않구나."

하늘은 회색빛이 되었다. 아직 해가 솟진 않았으나 어둠은 이미 물러갔다.

풍천이 혼잣말처럼 중얼거렸다.

"난 이번에 한 가지 사실을 알아냈다. 주군께서 더욱 주군다워지는 방법을 찾아낸 게지."

녹림왕이 심각한 표정으로 고개만 끄덕였다.

풍천이 말을 이었다.

"그건 바로 외부의 위협! 죽어야 할 적이 있으면 주군은 더욱더 찬란한 광채를 드러내시는 것이다. 너는 이해할 수 있겠느냐?"
"이해합니다."
"너 따위가?"
"……?"
녹림왕이 멍하니 바라봤다.
'어쩌라고 이 새끼야!'
풍천이 씨익 웃었다.
녹림왕은 분명 웃었다고 확신했다.
풍천이 술병을 건네며 말했다.
"마셔라. 너는 요긴히 쓰일 것이다. 후후후, 굼벵이도 구르는 재주가 있다더니……."
녹림왕은 울고 싶어졌다.
'너란 놈한테 요긴하게 쓰이고 싶지 않아! 그리고 이 망할 놈아, 뒤에 굼벵이 운운하는 말 같은 건 속으로 해야 하는 거다!'
녹림왕이 술병을 잡고 나발을 불었다.

第三章
올바른 일을 하다

전전
긍긍
마고교주

푸우!

도유강이 수면을 뚫고 솟구쳐 배 위로 올라섰다.

뒤이어 풍천이 솟구쳐 올랐다.

풍천은 호위를 위해 함께 물속에 머물렀던 것이다.

백룡부를 다녀온 후로 닷새!

이 기간 동정용왕은 배제했다.

더 이상 어떤 조언도 필요치 않았고, 잠영 수련에 대한 쓸데없는 호기심을 갖도록 하고 싶지 않았다. 안배에 대한 호기심은 죽음을 불러올 뿐이었다.

그렇게 하루에 삼 장씩 수심의 깊이를 더해갔다. 그리고 드디어 오늘 이십 장의 수심에서 한 시진을 버티는 수련 목표를 달성했다.

도유강은 미소를 지었다.

자맥질 포함 잠영 수련 총 소요 일은 칠 일!

무공도 아닌 것에 너무나 긴 시간을 소모했다.

그래도 목표를 달성한 것은 기분 좋은 일이었다.

풍천이 머리를 조아렸다.

"주군, 성취를 경하드립니다. 드디어 내일입니다."

"그래, 내일이구나. 너 또한 수고가 많았다."

"감사합니다."

"자리에 앉아라. 나눌 이야기가 있다."

"존명!"

풍천이 바로 무릎을 꿇었다.

"내일이면 두 번째 안배처로 향하게 된다. 그곳은 나 홀로 들어가야 하는 만큼 세밀한 사항을 듣고 싶다. 수심 이십 장 부근에서 급류가 휘감는다는 말까지 들었던 것 같구나."

"네, 그렇습니다. 가장 먼저 하실 일은 급류에 몸을 맡기시는 것입니다. 물의 흐름은 주군을 수중 비동까지 인도할 것입니다. 한순간 급류가 잦아들고 몸이 수면 위로 떠오릅니다. 그곳이 바로 비동입니다."

도유강이 고개를 끄덕였다.

풍천이 말을 이었다.

"비동은 약 이십 평 남짓 되는 공간이며, 천장은 막혀 있습니다. 가장 먼저 보시게 될 것은 한 구의 유골입니다."

"유골이라고?"

"네. 그 유골은 가부좌를 틀고 있을 것입니다."

"혹시 그 유골이 말도 하느냐?"

지주현자는 과거의 음성을 남겨두었다. 안배의 경이로움을 생각할 때, 해골이 입을 따닥거리며 말을 한다고 해도 이상할 건 없었다. 놀라지 않으려면 알아두어야 했다.

"주군, 유골은 그저 뼈다귀에 불과합니다. 청파검은 '과묵한 뼈다귀'라고 칭했습니다."

"과묵해?"

"청파검은 그곳에 칠 일간 머물렀사온데 그 기간 동안 뼈다귀는 한마디도 하지 않았다고 했습니다."

"으음……."

유골은 별 의미가 없는 것이 분명했다.

"그럼 무엇이 중요한 것이냐?"

"유골의 뒤쪽, 벽면에 걸린 풍경화 족자입니다. 그 풍경화가 안배의 전부입니다."

도유강은 바로 의문이 떠올랐다.

"풍경화 족자라면 어찌하여 청파검은 가지고 나오지 않은 것이냐?"

"족자에는 보이지 않는 금제가 걸려 있기 때문입니다. 족자가 수중 비동을 벗어나는 순간 저절로 소멸되므로 외부로 반출하는 것은 불가능한 일입니다."

"치밀한 자로구나."

지주현자보다 한 수 위였다. 마공을 연성한 자의 출입을 봉쇄하더니, 그림 족자조차 빼돌리지 못하게 했다. 어떤 묘용을 부린 것인지 기괴할 따름이었다.

"족자의 그림이 비급이겠구나."

"청파검의 전언에 따르면 그림이 글자로 변하는 형태는 아닌 듯하다고 했습니다. 칠 일 동안 그림을 바라볼 때, 한순간 변화가 일자 바로 멈추고 돌아왔노라 말했습니다."

"그뿐이냐?"

"주군, 자세한 사항을 말씀드리지 못하는 점을 용서하십시오. 청파검의 임무는 안배를 확인하는 것이지, 안배를 경험하거나 습득하는 것이 아니기 때문입니다."

역시 무섭도록 철저한 심복들이었다.

고금 절학이 담긴 안배를 눈앞에 두고 냉철히 돌아설 수 있다는 것만으로도 청파검이 얼마나 독한 놈인지 짐작할 수 있었다.

"결국 내 스스로 부딪쳐야 한다는 것이로군."

"죄송합니다."

"마지막으로 한 가지 묻겠다."

"주군, 말씀하십시오."

도유강은 턱을 어루만지며 생각을 정리하고 입을 열었다.

"일곱 안배 전체에 관한 물음이다. 난 처음 이 안배에 대해 들었을 때, 아버지께서 남기신 절학이라고 생각했었다. 그런데 뜻밖에도 첫 번째 안배는 정파의 전대 고인의 무공이었다. 뭔가 어긋난 순간이었지."

풍천은 무심한 표정이었다.

도유강이 말을 이었다.

"두 번째 안배는 더욱 놀랍게도 마인의 접근을 원천봉쇄했다. 이는 여러 가지 의미를 설명해 주고 있다. 첫째, 일곱 안배는 모두 정파의 절학이라는 것. 둘째, 아버지는 누군가로부터 이 안배에 대해 듣거나 기록을 얻었다는 것. 셋째는 무슨 이유에서인지 아버지가 이 절학을 철저히 신뢰하고 계셨다는 것이다."

풍천의 표정이 미세하게 변했다.

화가 난 것도 같고, 격정에 휘말린 듯도 보였다.

좋은 기회였다.

도유강이 허를 찌르듯 물었다.

"일곱 안배를 말한 자가 누구냐?"

풍천은 돌같은 침묵을 지켰다.

그러다 결국,

"주군, 용서하십시오. 소인은 그저 명을 따라 움직일 뿐입니다. 일곱 안배에 관해서는 그 어떤 것도 생각하고, 판단하라는 명을 받지 못했습니다."

"흐음……."

거짓말의 향취가 솔솔 풍겼다.

더 캐물어야 하나 망설이다 접어두기로 했다.

족자가 금제에 걸려 있는 것처럼 풍천은 아버지의 명령이라는 강력한 금제에 걸려 있다. 백번을 물어도 돌아올 대답은 달라지지 않을 것이리라.

"쓸모없는 놈 같으니."

"죄송합니다."

"됐다. 이제 돌아가자."

"존명!"

풍천이 노를 저었다.

배는 잠시 가다 멈추었다.

저만치 작은 배가 물살을 헤치고 다가오고 있었다. 풍천이 멈춘 이유가 있었다. 방향으로 볼 때, 배의 목적지는 지나칠 정도로 뚜렷했다.

얼마 전 암살 시도 때문인지 풍천의 눈이 예리하게 빛났다.

장강수로채는 아니다. 동정용왕이 급한 용무로 수하를 보낸 것이라면 쾌속선이어야 했다.

바로 지주잠령을 일으켜 안력을 돋우었다.

시야가 한순간 확장되고, 멀리 있는 풍경이 바로 손으로 붙잡을 수 있을 것처럼 끌어당겨졌다.

배에는 세 사람이 있었는데 그중 둘은 노를 젓고, 한 사람은 우뚝 서 있었다. 그런데 차림새가 괴상했다. 그들은 꼭 거지 같았다.

"거지가 배를 타? 요새 거지들은 배를 타고 다니느냐?"

배는 작은 것이라도 그 값이 고급 마차에 버금간다. 길거리에서 동냥하기도 바쁠 텐데 배씩이나 타고 동정호의 물살을 가르는 것이 도통 이해되지 않았다.

"주군의 말씀처럼 거지들은 배를 타기 어렵습니다. 하지만 개방이라면 사정이 다릅니다."

"십이방파 중 하나인 개방 말이냐?"

"그렇습니다."

"괴이하구나, 괴이해."

"주군, 무엇이 괴이하신지요?"

도유강은 턱을 어루만졌다.

비록 기록을 본 것이 전부였지만 개방에 대해서라면 알만큼 알고 있었다.

과거엔 구파일방 중 하나로 불리기도 했으나 현 강호에서는 방파로서 강호십이방 중 하나로 분류되고 있다. 십이방 중 수위를 논할 때면 귀문방과 개방을 제일 위쪽에 둔다고 했다. 그 아래로 비검방과 흑룡방의 차례로 방파의 무력 서열이 매겨져 있었다.

그러나 문제는 그것이 아니었다.

"나도 개방에 대해서 읽은 적이 있다. 그들은 의를 숭상하고, 걸인의 소탈함과 자유분방함을 지녔다고 적혀 있었지. 걸인과 같은 삶을 산다고도 했다. 하지만 걸인의 삶은 어디까지나 비유가 아니더냐! 그런데 저자들은 어째서 진짜 거지처럼 하고 다닌단 말이냐!"

"주군, 저것들은 진짜 거지들입니다."

풍천의 음성에 얼핏 당혹이 어렸다.

도유강은 어이가 없었다. 화가 날 지경이었다.

태어나면서부터 줄곧 마교를 벗어나 본 적이 없었고, 강호에 처음 나온 것이 소면마군의 반란 이후였다. 거짓말도 정도껏 해야 속아 넘어간다. 개방이 실제 거지들의 무리라는 건 손바닥으로 하늘을 가리려는 수작이었다.

"헛소리! 네놈이 날 놀리려는 것이냐!"

"……"

풍천이 눈을 빠르게 깜박거렸다.

도유강이 강경한 어조로 말했다.

"개방도들은 허리에 매듭을 짓고 있다고 했으니 확인해 보면 되겠지. 네놈이 거짓말을 한 것이라면 각오하는 것이 좋을 것이다."

그 사이 배는 점점 더 가까이 다가왔다.

그들의 모습이 확연히 들어왔다.

"헉! 매듭이다!"

도유강이 눈을 동그랗게 떴다.

그들의 머리는 산발이고, 옷은 헤어져 너덜거렸으며, 얼굴은 살결을 알아보기 힘들 정도로 땟자국이 가득했다. 서로 간의 거리가 가까워지면서 시궁창 냄새까지 솔솔 풍겨왔다.

그리고 결정적으로 배 위에 선 자의 허리에 다섯 개의 매듭이 묶여 있었다.

"말도 안 돼……. 비유가 아니었다니."

풍천이 옆에서 흠흠, 거렸다.

도유강이 풍천을 돌아봤다.

"풍천, 저들은 실제로 구걸도 하느냐?"

"그렇습니다."

도유강은 충격에 휩싸였다.

손발이 없는 것도 아니고, 일할 힘이 없는 것도 아닌데 구걸을 하고 있다는 건 충격적이었다.

"저들은 무림인이 아니냐? 무림인이 왜 구걸을 하며 구차하게 산단 말이냐?"

풍천이 턱을 어루만졌다. 표정도 심각해졌다.

"음, 주군… 송구합니다만 저놈들은 원래 저렇게 생겨먹은 놈들입니다."

"닥쳐라! 원래부터 그런 사람이 어디에 있다고 헛소리냐! 무슨 말 못할 사연이 있겠지. 네놈 일이 아니라고 어찌 그리 무성의하게 말하는 것이냐!"

올바른 일을 하다

"……."

"이건 말이 안 되는 일이야. 사람이 씻고는 다녀야지! 동정호만 해도 천지가 물인데 왜 안 씻는 것이란 말이냐! 게다가 옷은 닳고 낡았더라도 최소한 빨아 입고는 다녀야 하지 않느냐? 난 도저히 이해할 수가 없다."

"주군, 소인이 직접 물어보겠습니다."

"그래, 그게 빠르겠다."

그사이 개방도들의 배는 건너뛸 수 있을 만큼 바싹 붙었다. 배 위에 꼿꼿이 선 자가 포권을 취했다.

"개방 호남 분타주 취광신개라고 하오."

도유강이 멍한 눈으로 '진짜구나. 이런 말도 안 되는 일이'라고 중얼거렸다.

취광신개는 젊은 청년이 생전 처음으로 거지를 보는 것처럼 넋이 나가 버린 모습이라 언짢았지만 애써 내색하지 않고 말을 이었다.

"귀하들에게 몇 가지 묻고 싶은 것이 있어 무례를 범했소이다. 잠시 배에 올라도 되겠는지요?"

풍천이 바로 일갈했다.

"이 더러운 거지새끼들이 어딜 올라오겠다는 것이냐!"

휘이잉…….

취광신개는 멍해져 버렸다.

마침 불어온 바람이 얼굴을 스치고 지나갔다.

시간은 일시적으로 멈춘 것 같았다.

올해 나이 마흔아홉!

신분은 개방 분타주!

아홉수인 걸까?

취광신개는 '더러운 거지새끼'라는 말을 어떻게 받아들여야 할지 몰라 그저 입만 바보처럼 벌렸다.

근래 들어 불행한 일이 연달아 몰아닥치는데 오늘로 하나가 더 추가되었다.

첫째 불행은 엿새 전이었다.

그 밤에 동정호를 거닐 때 누군가로부터 폭행을 당했다. 코뼈가 주저앉고, 갈비뼈 두 대가 어긋났다. 얼굴은 파란 멍투성이가 되었다. 그러나 가장 큰 문제는 정작 폭행 당사자가 누구인지 기억이 나지 않는다는 점이었다.

두 번째 불행은 닷새 전이었다.

백룡부주를 비롯한 백룡부 수뇌들이 증발해 버렸다.

백룡부주는 십대악인 중 일인일 가능성이 높았고, 거의 턱밑까지 다가선 상태였거늘 그냥 사라져 버린 것이다. 방주님과 장로님들에게 혹독한 추궁을 당할 것은 불을 보듯 뻔한 일이었다.

세 번째 불행은 닷새 전부터 오늘까지 이어지고 있었다.

백룡부주의 증발에 대해 묻고자 동정용왕을 찾았지만 동정용왕은 면담을 거부했다. 껍데기만 남은 백룡부를 접수하

올바른 일을 하다

느라 바쁘다는 이유였다.

물론 행운도 있었다.

백룡부 주변을 정탐하고 있던 수하 거지들이 닷새 전 야심한 밤에 동정용왕과 눈앞의 두 사람이 백룡부의 심처로 들어갔고, 전각이 박살 나는 소리가 들리더니 한참 후에는 탑 꼭대기가 폭발해 버리기까지 했다는 보고였다.

동정용왕을 만나면 편할 테지만 상대조차 해주지 않는다. 그래서 차선으로 눈앞의 두 사람을 찾게 된 것이다.

그런데……

이 두 사람의 상태가 이상했다.

그렇게 취광신개가 상념에 잠겨 있을 때였다.

도유강이 불쑥 질문을 던졌다.

"분타주, 그대는 매듭이 다섯 개나 되는데 왜 씻지 않지?"

취광신개가 도유강을 노려봤다.

매듭을 알면 개방을 안다는 것이고, 개방을 안다는 것은 무림인이라는 뜻이었다. 그러나 조롱을 하는 건가 싶어 면밀히 뜯어보았으나 어처구니없게도 놀랄 만큼 진지했다.

"못 들은 것으로 하겠소."

"이놈! 주군께서 묻지 않느냐! 왜 안 씻고 다니는지 대답하라!"

풍천이 호통을 내질렀다.

취광신개도 더 이상은 참기 힘들었다.

"우리가 씻든 씻지 않든 무슨 상관이란 말이냐!"

"흠⋯⋯."

어거지의 제왕이랄 수 있는 풍천이지만 할 말이 궁해져 바로 말문이 막혔다. 그렇다. 원래부터 개방은 거지들인 것이다. 거기에 '왜?'라는 질문은 애초부터 말이 안 되는 물음이었다.

그때 도유강이 말했다.

"그럼 순전히 개인 취향이란 것이냐? 그대들 셋만 씻지 않는지, 개방 전부가 그 꼴인지 말해라."

취광신개가 고개를 도리도리 저었다.

"도대체 무슨 장난인지 알 수가 없군. 시시껄렁한 농담은 이쯤하지. 개방은 원래 그런 곳이다. 걸인의 삶 속에서 자유로운 삶을 꿈꾼다. 소림사의 승려들을 보고 왜 육식을 하지 않고, 혼인을 하지 않는지 묻는 것과 같은 이치지. 나는 백룡부주의 행방을 물으러 왔을 뿐이다. 그는 어디로 갔지?"

"백룡부주 따위가 중요한 것이 아니다. 씻지도 않고, 구걸을 하며 지내는 것이 자유로운 삶이라니 말도 안 되는 소리를 잘도 지껄이는구나! 풍천, 너는 어찌 생각하느냐?"

"흠흠⋯ 주군, 인생을 포기한 자들에 불과합니다."

"그렇지. 너도 그렇게 생각하는구나. 팔다리 멀쩡한 인간들이 일할 생각도 없이 구걸을 하면서 삶을 연명하다니. 정녕 버러지들이 아니냐!"

"버러지입니다."

취광신개는 더 참을 수 없었다.

더 듣고 있으면 머리가 어떻게 되어버릴 것 같았다. 사람을 앞에 두고 버러지라니. 개방도로 사십 년을 살아오며 무림인에게 이런 말도 안 되는 억지를 들어본 적이 없었다. 예의는 갖출 만큼 갖췄다.

"말이 안 통하는 자들이군. 네놈들이 매를 버니 더 이상 나도 말로 하지 않겠다."

줄곧 앉아 있던 두 수하 거지도 몸을 일으켰다.

도유강이 다급한 목소리로 말했다.

"잠깐, 잠깐!"

막 손을 쓰려던 풍천이 멈칫했고, 취광신개 측도 신형을 움찔했다.

"세상에 저것이 근육이냐, 젖가슴이냐?"

도유강이 취광신개의 우측에 선 거지를 보며 말했다.

그 거지의 가슴은 봉긋 솟아 있었다.

우측 거지가 황급히 가슴을 가렸다.

풍천이 해답을 내놓았다.

"주군, 골격을 보건대 젖가슴이 맞습니다."

"말도 안 돼. 개방이 이 정도로 흉악한 곳이었단 말이냐! 마교보다 더한 곳이 개방이로구나. 어찌하여 멀쩡한 여자를 저 지경으로 만들어놓을 수 있단 말이냐! 풍천! 너는 당장 저자들을 깨끗이 씻겨라!"
"존……."
풍천이 말을 맺지 못하고 빤히 도유강을 바라봤다.
"주, 주군……."
도유강이 버럭 소리쳤다.
"당장 씻기지 못해!"
"존명!"
풍천이 신형을 날렸다.
잠시 후.
"망할! 무슨 짓이냐! 당장 혈도를 풀지 못하겠… 꼬르르륵……."
취광신개의 머리가 뱃전에서 거꾸로 처박혔다.
두 수하 거지는 혈도가 제압당한 채로 그 모습을 지켜봤다. 머릿속이 하얗게 변했다.
처음엔 농담인 줄 알았다.
실컷 조롱하여 싸움을 걸어오는 것이라고 생각했다.
그러나 이놈들은 진심이었다.
두 수하 거지의 시선이 건너편 배 위에 선 도유강에게로 향했다.
도유강이 중얼거렸다.
"휴우, 강호가 복잡하다는 건 알고 있었지만 이 지경일 줄이야. 도대체 무엇에 홀려 있기에 저런 생활을 자유롭다고 생

올바른 일을 하다 75

각하는 것일까. 심지어 꽃다운 나이의 여인까지 거지꼴로 만들고서……."

*　　　*　　　*

"무슨 소리냐? 취광신개가 잡혀오다니!"
동정용왕이 역정을 냈다.
 백룡부에게 빼앗겼던 강북의 옛 영토를 수복하는 작업을 마치고 저녁이 되어서야 돌아온 마당이다. 부주와 수뇌부를 잃은 백룡부는 가히 무주공산이었다.
 그런데 난데없이 취광신개 이야기였다.
 구양수가 머리를 조아렸다.
 "한 시진 전입니다. 풍천이 취광신개와 수하 둘을 빨랫감처럼 들고 나타났습니다. 동정호에서 긴 시간 때를 벗겼는데도 아직이라면서 깨끗하게 나머지 목욕을 시키라는 엄명을 내렸습니다."
 동정용왕은 머리가 어질거렸다.
 "개방도들을 씻기다니, 그게 무슨 소리냐? 이해가 되도록 설명을 해야 할 것이 아니냐!"
 "소자가 궁금해서 이유를 물으니 유강이 대답하길, '사람은 사람답게 살아야 한다. 깨끗하게 씻고, 옷도 정갈하게 입는 것이 사람이 지켜야 할 기본 도리다'라고 했습니다."

"헛소리다!"

"소자도 둘러대는 말로 들렸으나 워낙 진지하게 말을 하는지라 차마 더 묻지 못하였습니다."

"물론이지. 대체 어떤 머저리가 개방의 거지 행각에 대해 시비 걸 생각을 하겠느냐! 게다가 풍천은 그 무공이 고강하기 이를 데 없거늘 개방의 생리를 모른다는 것은 억지다. 이는 필시 과거 개방과 은원이 있어 조롱하려는 것이 틀림없다."

"아버님의 말씀이 옳습니다."

"젠장, 놈들이 오고 나서 조용한 날이 없구나."

동정용왕은 머리가 지끈거렸다.

백룡부를 지워 버리고 장강 이북을 되찾은 기쁨도 잠시 새로운 고민거리를 안겨주는 두 놈이었다.

그때 구양수가 말했다.

"아버님, 외람된 말씀입니다만 우선 용왕각으로 드셔야 할 것 같습니다. 저녁 식사를 아버님과 함께하겠다며 기다렸으나 늦으셔서 유강이 취광신개 등과 함께 먼저 저녁 식사를 끝냈습니다."

"식사를 했다고?"

"네."

"대체 이것들이 속셈이 뭐야!"

용왕각 안에 들자, 도유강과 풍천은 낯선 세 사람과 함께

차를 마시고 있었다.

　방 안의 분위기는 무겁게 가라앉아 있었다.

　"부르셨습니까?"

　동정용왕이 머리를 조아렸다.

　바로 풍천이 호통을 내질렀다.

　"주군께서 찾으셨거늘 어딜 쏘다니고 이제 오는 것이냐!"

　"죄송합니다."

　"자리에 앉아라!"

　동정용왕이 빈 자리에 앉으며 취광신개를 찾았다.

　어떻게 된 일인지 취광신개는 자리에 없었다.

　대신 눈부신 백의에, 뽀얀 피부, 머리에 윤기가 흐르는 낯선 중년 사내가 반쯤 넋을 놓은 채로 한자리를 차지하고 있었다.

　그 곁으로 이십대 초반의 고운 자태의 여인과 굳건한 인상의 청년이 앉아 있었는데 그들도 낯설기는 마찬가지였다.

　"주군, 취광신개와 함께 계신다고 들었습니다만……."

　"취광신개는 네놈의 옆에 앉아 있지 않느냐!"

　도유강이 버럭 소리쳤다.

　"흡!"

　동정용왕이 숨을 격하게 들이켰다.

　변신도 이런 변신이 없었다. 이건 거의 환골탈태였다.

　미쳐도 이렇게 미쳐선 곤란했다. 소림사 승려들에게 왜 여인을 멀리하냐며 억지로 정사를 치르게 한 꼴이었다.
"주군, 개방은 걸인들로 이루어진 방파입니다. 그들에게……."
동정용왕은 말을 맺지 못했다.
도유강이 바로 호통친 탓이었다.
"네놈의 문제가 바로 그것이다! 취광신개와도 여러 번 만났다고 들었다. 자주 접했으면서 왜 깨끗하게 다니도록 도움을 주지 않았느냐!"
동정용왕은 머리가 얼얼했다. 망치로 뒤통수를 후려맞은 듯한 충격이었다.
"주군……."
"닥쳐라! 너는 저기 왼쪽의 꽃다운 처자가 보이지도 않느냐! 씻기 전에는 남자인지 여자인지도 구별이 힘들었다. 하지만 지금은 얼마나 고운 얼굴이냐! 여인의 몸으로 구걸을 하고, 예쁜 옷도 입지 못하고, 씻지도 못하고 얼마나 힘든 나날을 보냈겠느냐, 이 인정머리없는 놈아!"
도유강이 목에 핏대를 세우며 말했다.
미쳤구나, 미쳤어. 동정용왕은 이젠 아예 혼이 빠져나가는 것 같았다. 뭔가 속사정이 있을 것이라고 생각했다. 개방과 어떤 식으로든 은원 관계가 있다고 생각했었다.
착각이었다.
이 인간은 진심이었다.

올바른 일을 하다

그 상념 속에서도 도유강의 말은 계속 이어졌다.

"취광신개는 자유로운 삶이라고 하더군. 이게 말이 된다고 생각하느냐! 나는 세상 그 누구보다 자유로운 삶에 대해 많은 생각을 한 사람이다. 온갖 추접은 다 떨면서 어떻게 자유를 꿈꿀 수 있겠느냐! 우선은 씻어야 한다. 그다음엔 점소이로 일하든, 표국의 쟁자수로 일을 하든, 호위무사로 일을 하든 돈을 벌고, 차곡차곡 저축을 한 다음에야 사람다운 삶을 살 것이 아니냔 말이다!"

'저, 저축?'

동정용왕은 이를 부서져라 악물었다.

허를 찔린 기분이었다. 개방도들이 저축을 한다라…….

도대체 나는 왜 그 생각을 못 한 것일까? 발상이 놀랍다. 이렇게 기발할 수가. 그렇다. 아주 기발하게 미쳐 버린 것이다.

"동정용왕, 너는 앞으로 어떻게 할 셈이냐?"

도유강이 엄하게 물었다.

동정용왕은 눈만 깜박거렸다.

바로 풍천이 호통을 내질렀다.

"주군께서 물으셨다!"

"최, 최선을 다해 개방을 돕겠습니다."

"진심이냐?"

"그렇습니다."

"쯧쯧… 이제야 안 모양이군. 장강을 다스리는 동정용왕이라면 주변의 거지를 돕는 것이 장강을 이롭게 한다는 것쯤은 진작에 깨우쳤어야 했다."

"어떤 도움이 최선일지 수하들과 수일에 걸쳐 세세히 의논해 보겠습니다."

이놈들도 언젠가는 떠날 것이다. 그때까지만 어떻게 버티면 그만이었다.

그때였다.

"늦어!"

"……?"

동정용왕이 의문을 띠고 바라봤다.

도유강이 짧게 말했다.

"오늘 밤부터 바로 실천에 옮긴다."

동정용왕의 등줄기로 식은땀이 솟구쳤다.

"무리입니다. 그, 그게… 백룡부의 일을 정리하는 일만 해도 벅찬 상황이기에……."

"백룡부주인지 흑심조객인지가 도망친 마당에 무엇이 급하다는 것이냐!"

"헉! 백룡부주가 정녕 흑심조객이었단 말이오?"

불쑥 끼어든 것은 취광신개였다.

넋 놓은 모습은 사라지고, 눈이 반짝거렸다.

그는 납치되어 온갖 고초(?)를 겪는 와중에 이 작자들이 정상이 아님과 동시에 장강수로채의 주인 행세를 하는 것을 목

격하고 놀라움을 금치 못했다.

그런데 한 수 더 떠 고고하기 이를 데 없는 동정용왕이 '주군'이라며 굽신거리는 것에 충격에 사로잡혔는데 뜻하지 않게 그토록 알고 싶었던 백룡부주에 관한 이야기를 듣게 된 것이다. 백룡부주가 십대악인 중 일인인 흑심조객이라는 사실과 그가 도주했다는 것이었다.

"흑심조객이 틀림없소이까?"

죽은 듯 한마디 말조차 없던 취광신개가 급작스럽게 말을 꺼낸 탓에 모두 취광신개를 향해 시선을 던졌다.

그리고…

짜악!

취광신개의 뺨이 돌아갔다.

풍천이었다.

"이 무엄한 놈! 주군께서 말씀 중이시지 않느냐!"

취광신개가 손으로 뺨을 만지며 침울함에 젖었다.

이미 씻겨지고 옷이 입혀지는 과정에서 수차례 얻어터졌다. 반항은 충분히 해봤고, 그 결과 반항이 소용없다는 사실을 깨달은 지 오래였다. 자신이 어떻게 할 수 있는 수준이 아니었다. 게다가 진심으로 거지 생활을 염려하는 것이 느껴져버려 더 이상 조롱이라고 생각할 수도 없었다. 그저 정상이 아닌 것들을, 재수없게 만나고 만 것이다.

"풍천, 적당히 해라."

도유강이 말리고 나섰다.

풍천이 머리를 조아렸다.

"죄송합니다. 이놈이나 저놈이나 흑심조객을 말하니 그만 화를 참지 못했습니다. 그때 역시 죽여 버렸어야 했나 봅니다."

취광신개가 입술을 깨물고 풍천을 바라봤다.

이것도 수확이라면 수확일까? 원흉이 드러났다.

결국 다 잡은 고기를 놓친 이유가 밝혀진 것이다.

그때 도유강이 입을 열었다.

"동정용왕! 내 뜻은 확고하다. 괜한 핑계를 대며 머뭇거리는 건 용납하지 않겠다."

"명을 따르겠습니다."

동정용왕이 머리를 조아렸다. 어쩔 도리가 없었다. 개방과의 분쟁은 피할 수 없게 되고 말았다. 그러나 당장 눈앞의 재앙을 피하는 것이 더 나은 선택이었다.

늦은 밤, 도유강은 용왕각 앞을 홀로 거닐었다.

풍천은 동정용왕이 허튼짓을 하지 못하도록 감시역으로 보내놓은 터였다.

도유강이 밤하늘을 보며 중얼거렸다.

"자유로운 삶… 나와 같은 꿈을 꾸는 자들이 거지로 사는 것을 보고 있을 순 없지……."

왠지 뿌듯함이 가슴 가득 차오른다.
달과 별들도 동조하듯 밝은 빛을 뿜어냈다.
그 순간이었다.
달빛 사이로 신비로운 광경이 펼쳐졌다.
"오오!"
밤하늘의 창공 위로 그림 속에서나 볼 법한 새하얀 학(鶴)이 날갯짓을 하며 날아갔다.
"아! 아름답구나."
절로 탄성이 터져 나왔다.
"저 학처럼 자유롭게 날고 싶구나. 진정한 자유를 만끽하면서 날갯짓을 하고 싶다."

第四章
수중 비동의 족자

전전긍긍
마교교주

펄럭, 펄럭…….
 눈이 부실 만큼 흰 빛깔의 백학(白鶴)은 날갯짓으로 밤하늘의 창공을 가로질렀다. 용왕채를 넘어 동정호 북쪽 모후산의 유서 깊은 사찰인 두불사(逗佛寺)에 이르러 내려섰다.
 십여 명의 승려가 곧바로 백학을 둘러쌌다.
 그중 흰 눈썹이 턱까지 흘러내린 노승이 다가와 합창했다.
 "아미타불. 만묘신군, 선학신군, 어서 오십시오. 예정보다 일찍 오셔서 이 늙은 중은 깜짝 놀라고 말았습니다."
 주변의 승려들은 사람을 태우고 하늘을 나는 학을 신기한 듯 바라보고 있었다.

백학에서 두 노인과 한 청년이 훌쩍 뛰어내렸다.
"하하하, 백미화상. 오랜만일세. 농은 여전하군."
"천위칠군 앞에서 늙었다는 말을 하면 섭섭하지 않나?"
만묘신군과 선학신군이 웃는 낯으로 말했다.
"제가 더 늙어 보이지 않습니까?"
백미화상의 너스레에 만묘신군과 선학신군은 다시 웃고 말았다.
"양인아, 이리 와서 인사 올리거라."
뒤쪽에 있던 주양인이 나서며 예를 갖췄다.
"천위칠군 일곱 사부님을 모시고 있는 주양인입니다. 불심 높으신 백미화상님을 뵙게 되어 영광입니다."
백미화상이 공손히 합창했다.
"아미타불, 불심이 높다는 말은 허명이라네. 가히 천골을 타고난 무재로군. 천위칠군께서 왜 자네를 공동전인으로 받아들였는지 알 것으이."
"과찬이십니다."
백미화상이 미소를 머금고 만묘신군을 향해 말했다.
"먼 길 오시느라 고단하실 터인데 우선 안으로 드시지요."

또옥, 또옥, 또옥…….
목탁 소리가 은은히 들려왔다.
백미화상의 배려로 만묘신군 등은 선방에 여장을 풀었다.

밤이 깊어지고 세 사람만 남게 되었을 때, 만묘신군이 말했다.

"부취객과 무영신투의 이름이 헛되지 않았구려."

선학신군이 고개를 주억거렸다.

"그 두 사람의 경신술과 은둔술은 가히 천하일절이라 불릴 만하지 않습니까. 게다가 무영신투는 천이통의 재주까지 갖추고 있으니 그리 쉽게 잡힐 리 없지요."

담담한 말투 속에 아쉬움이 깃들어 있었다.

지주현자의 첫 번째 안배가 파괴된 것을 확인한 후, 만묘신군과 선학신군은 각기 부취객과 무영신투를 쫓았다. 간신히 두 사람의 거처를 파악하는 데는 성공했으나 그뿐이었다. 하늘로 솟은 듯 땅으로 꺼진 듯 종적을 감춰 버렸다.

최후의 수단으로야 부취객의 딸과 무영신투의 제자를 핍박하는 방법이 있었지만 정파 명숙의 신분에 차마 손을 쓸 수가 없었다.

그리하여 첫 번째 안배는 잊기로 했다. 설령 부취객과 무영신투를 붙잡는다 해도 첫 번째 안배의 절학을 다시 익힐 수는 없었기 때문이다.

만묘신군이 말했다.

"감쪽같이 사라졌다는 것은 그들이 모종의 방법으로 우리의 추적을 눈치챘다는 의미일 게요. 그건 곧 앞으로의 안배에 있어서는 결코 허튼수작을 부릴 수 없다는 뜻이겠지요."

"맞소이다. 또한 그들이 첫 번째 안배처에 든 것은 우연이었을 가능성이 크지요."

"양인아!"

만묘신군이 불렀다.

"네, 사부님."

"비록 예상 못한 변고로 지주현자의 무학을 잃었다만 낙심치 말아야 한다. 이 사부 또한 만독불침의 내단액과 지주현공의 경공술만은 아쉽기짝이 없다만, 앞으로의 얻게 될 안배는 그 모든 것을 덮고도 남을 것이니라."

"아쉬움은 없습니다. 단지 제자는 그런 일이 저의 덕이 모자란 탓이 아닌지 근심될 뿐입니다."

"세상사의 예측 불허함은 말로 다 할 수 없다. 그걸 어찌 덕의 유무로 판단할 수 있겠느냐. 그 자체가 망상이니 마음 쓰지 말거라."

"네, 사부님."

"만묘신군, 내일부터 동정호의 수심 적응 수련에 들어가야겠지요?"

선학신군이 말했다.

만묘신군이 고개를 끄덕였다.

"그렇지요. 닷새 정도면 충분하리라 봅니다."

"사부님들, 말씀 중에 죄송합니다. 이 제자는 수심 적응 수련을 이미 끝냈습니다. 굳이 닷새라는 시간을 들여 적응 기간을 가질 필요가 있겠는지요?"

만묘신군이 고개를 저었다.

"어찌 그 일을 모르겠느냐. 네가 한 달이란 짧은 기간 만에 수심 이십여 장의 깊이에서 한 시진을 견뎌낸 것은 대견스러운 일이다. 그러나 땅은 땅대로, 물은 물대로 그 지역의 특성이 미묘하게 다른 법이다. 만전을 기하는 것이니 조급해하지 말거라."

"조급함보다는 그사이 또 다른 악적이 안배를 망칠까 우려되기 때문입니다."

"하하하하하!"

"하하하하하!"

만묘신군과 선학신군이 마주 보며 동시에 웃음을 터뜨렸다.

주양인만 영문을 몰라 고개를 갸웃했다.

선학신군이 말했다.

"그 걱정이라면 아무 문제가 없느니라. 두 번째 안배는, 마공을 익힌 자나 사악한 술법에 물든 자는 접근이 원천적으로 불가능하기 때문이란다."

"아!"

주양인의 얼굴이 환하게 밝아졌다.

   *   *   *

동정호에 석양이 드리워 황금이 일렁거렸다.

도유강은 두번째 안배의 지점에서 간절히 소망했다.

'부디 이번엔 천하제일의 무공이길……. 고인이시여, 풍천을 넘어설 수 있도록 도와주십시오.'

쿵, 쿵.

저절로 심장이 두근거렸다.

"주군, 때가 되었습니다."

곁에서 풍천이 나직이 말했다.

"그렇구나."

나의 때도 왔으면 좋겠구나. 도유강은 뒷말을 삼키고 속으로 중얼거렸다.

"가자."

"네."

풍덩!

도유강이 물속으로 몸을 던졌다.

풍덩!

그 뒤를 풍천이 따랐다.

잠영으로 빠르게 물속을 파고들었다.

수심 십 장!

도유강은 멈춰 자세를 바로 했다.

풍천이 배웅할 수 있는 한계 깊이였다. 풍천은 수중(水中)

임에도 깍듯이 허리를 굽혀 예를 갖췄다.

도유강은 가볍게 고개를 끄덕이고 잠영을 전개했다.

올려다보지 않아도 풍천의 모습을 상상할 수 있었다.

몇 날 며칠이 걸릴지 몰라도 풍천은 물속에서 고정된 물체마냥 기다릴 것이다.

괜히 마음이 뭉클해졌다.

이런 충성을 받을 수 있다는 건 특별한 혜택이었다.

만약 마교의 교주 위(位)만 아니라면 풍천과 같은 심복은 부러움을 살 만한 일일 것이다. 함께 밭을 갈고 고기를 잡으며 일상을 살아간다면 말이다.

문제라면 그런 일은 벌어질 수 없다는 것이리라.

도유강은 이내 상념을 떨쳐 내고 점점 더 깊이 내려갔다.

곧 어둠이 찾아왔다.

*　　　*　　　*

풍천은 도유강이 어둠 속으로 사라진 뒤에도 하염없이 바라보고 있었다.

작별한 그 위치에 그대로 뜬 채로 꿈쩍도 하지 않아 서너 마리의 물고기들이 입을 가져다 대기도 했다.

일순 풍천이 고개를 들어 수면 쪽을 바라봤다.

황금빛으로 일렁이는 수면 한곳에 배 밑 부분이 검은 그림

자를 드리우고 있었다.
 두 번째 안배의 성취 기간은 알 수 없었다.
 빈 배가 떠 있는 건 쓸데없는 호기심을 불러일으킬 가능성이 컸다.
 풍천이 수면 위쪽으로 올라갔다.
 배의 밑면에 손가락을 대고 원을 그렸다.
 구멍이 뚫린 배가 천천히 가라앉았다.

* * *

 도유강은 꾸준히 하강했다.
 이미 시야는 어둠에 가려져 무엇도 볼 수 없었다.
 '팔십오, 팔십육, 팔십칠…….'
 도유강은 숫자를 박자에 맞춰 헤아렸다.
 이미 수련 당시 백을 헤아리면 수심 이십 장 깊이에 이르는 것으로 헤아림의 박자를 맞춰두었다.
 '구십팔, 구십구, 백!'
 이제 변화가 올 차례였다.
 아니나 다를까, 한순간 급류가 몸을 휘감았다. 순식간에 몸이 다섯 바퀴를 맴돌았다.
 '윽!'
 상상 이상이었다.

급류와 결합한 수중의 압력은 몸을 강제로 압축시켜 버리는 느낌이었다. 풍천은 급류에 몸을 맡기라고 했지만 그게 말처럼 쉽지 않았다. 저절로 방어기제가 발동되며 급류에 저항하며 몸부림이 터져 나왔다.

그러자 몸은 그 자리에서 빙글빙글 맴돌았다.

눈 깜짝할 사이에 거의 스무 바퀴를 돌 만큼 맹렬한 회전이 일어 머리가 어지러워지며 기혈이 들끓었다.

겁이 덜컥 났다. 이대로라면 죽고 만다.

그 순간 벼락같이 한 생각이 떠올랐다.

'신(身)은 기(氣)로 좌우되고, 기(氣)는 정(情)으로 움직인다.'

은혼섬의 운용비결인 능운무상공의 구결이었다.

'그렇구나.'

깨달음이 뇌리를 관통했다. 극렬한 몸의 회전에 뜻을 두어선 안 된다. 뜻을 기에 두고, 기가 몸을 좌우하게 한다.

소맷자락 속에 혼강을 맴돌게 하는 기본 이치였다.

구결의 뜻 속에 머물자, 이내 저절로 일어난 신체의 방어기제가 그쳤다.

그 순간 거짓말처럼 압력이 사라지며 몸이 편안해졌다.

더 이상 맴돌지도 않았다. 급류가 몸을 붙들고 어디론가 끌고 가기 시작했다.

쏴아아아~

그 와중에 몸이 멋대로 이리저리 뒤틀렸지만 그것조차 내버려 두었다.

얼마나 그런 상태를 보냈을까?

퐁!

호리병의 마개를 따내는 소리와 함께 평온이 찾아왔다.

아직은 물속이었지만 급류는 사라졌다. 물의 흐름은 정적과 같이 고요했다. 물속 시야도 확보되었다.

위를 올려다보니 수면 위로 빛이 일렁였다.

순간 아래쪽 물살이 변했다. 마치 부드러운 솜처럼 몸을 떠받치더니 위로 올려주었다. 도유강은 그 뜻도 받아들였다.

"푸우!"

도유강이 수면 위로 머리를 내밀며 숨을 내쉬었다.

"도착했구나."

비동이었다.

천장에 십여 개의 야명주가 빛을 뿌리고 있다.

그 아래로 유골이 이빨을 지그시 맞댄 채로 가부좌를 틀고 앉아 있고, 그 뒤쪽에 족자도 보였다.

* * *

도유강이 비동에 도착한 그 시각.

두 번째 안배 지점에 한 척의 배가 도착했다.

배 위엔 세 사람이 서 있었다.

"두 번째 안배는 바로 이 아래에 있단다."

만묘신군이 말했다.

주양인이 들뜬 표정으로 말을 받았다.

"사부님들, 이곳에서 수심 적응 수련을 하고 싶습니다."

"허허, 녀석도… 넌 이미 오늘 수련 목표를 채우지 않았느냐!"

만묘신군이 너털웃음을 터뜨렸다.

선학신군도 미소를 띠고 말했다.

"그리도 빨리 들어가 보고 싶은 것이냐? 허허허, 그것도 나쁠 건 없겠다만 수심 이십 장에 이르면 급류에 휩쓸리니 더 이상 수련이라고 할 수 없단다. 차분히 때를 기다리거라."

"네, 사부님."

주양인이 공손히 대답했다.

만묘신군이 바로 마음을 다독였다.

"네 마음을 우리가 어찌 모르겠느냐. 우리 일곱의 마음이 너보다 더하면 더했지 덜하지 않을 것이다. 대신 이곳까지 온 만큼 안배처의 상세한 과정을 설명해 주마."

"제자 경청하겠습니다."

"수심 이십 장에 이르면 급류를 만나게 되는데 그 흐름에 몸을 맡기면 수중 비동으로 저절로 이르게 된다. 네가 처음 보게 될 것은 가부좌를 틀고 앉은 한 구의 유골이니라."

"아! 두 번째 안배를 남기신 고인이신지요?"

"맞다. 그분은 정좌한 채로 이승을 떠나셨지. 네가 가장 먼저 해야 할 일이 무엇인지 알겠느냐?"

"제자 된 자의 마음으로 구배지례를 올리는 것입니다."

주양인이 망설임없이 대답했다.

만묘신군과 선학신군이 만족스럽게 고개를 끄덕였다.

"옳은 마음가짐이다. 너는 우리 천위칠군의 제자이기도 하면서 동시에 일곱 안배를 남기신 고인의 제자가 되는 셈이다. 허허허, 그러고 보니 너야말로 홍복을 타고났구나."

"미천한 저를 거두어주신 사부님들의 은혜입니다."

"정성된 마음은 이승은 물론이고 저승까지 오가는 법이지. 네가 구배지례를 성심으로 올린다면 고인께서는 비록 유골로 남으셨어도 필시 기뻐하실 것이다."

*   *   *

도유강은 유골 앞으로 다가갔다.

옷과 머리카락도 없이 온전히 뼈만 남아 있어 세월이 적지 않게 흘렀음을 짐작할 수 있었다. 그럼에도 허물어지지 않고 정좌한 형태를 유지하고 있는 것이 기괴했다.

유골의 뒤쪽엔 그림 족자가 걸려 있었다.

바로 그림 쪽으로 가려다 도유강은 고개를 저었다.

풍천은 뼈다귀 따윈 무시하라고 했지만 그건 도리가 아니었다. 비록 보지도 듣지도 못하는 삭아버린 뼈에 불과해도 자신의 꿈을 이뤄줄 고인이었다.

도유강은 유골 앞에서 공손히 머리를 숙였다.

"도유강이 인사 올립니다. 천하제일의 무공을 얻고자 이 자리에 섰습니다. 제가 고인의 무공을 얻고자 함은 천하제패도, 만인지상의 권세를 위함도 아닙니다. 그저 평범한 사람들처럼 울고 웃으며 일상의 즐거움을 누리고자 함입니다. 부디 제가 꿈을 이룰 수 있도록 도와주십시오."

혹시나 싶어 슬쩍 고개를 들었다.

유골의 입은 움직이지 않았다.

"흐음, 역시 과묵한 뼈다귀로군."

정작 딱딱딱, 거리며 말을 하는 것도 별로 반가운 모습이 아니어서 기대를 바로 접었다.

"아! 쯧쯧쯧……."

도유강이 혀를 찼다.

해골 위로 먼지가 두텁게 쌓여 있었다.

이분도 과거에는 한 시대를 풍미했을 것이리라. 먼지 정도는 털어주는 것이 예의였다.

도유강은 소맷자락을 펄럭이며 먼지를 털어냈다.

툭! 툭! 툭!

탁!

너무 세게 쳤다.

"헉!"

해골의 머리가 바닥에 떨어져 버렸다.

해골은 왼쪽 부분이 바스라져 움푹 패었다.

"죄송합니다. 죄송합니다."

도유강이 호들갑을 떨며 머리를 주워 목 위에 올려놓았다.

손을 떼자, 균형이 잘 안 잡혔다. 기우뚱거렸다.

그렇게 수십 차례 올려놔도 목뼈 위로 올려놓기가 쉽지 않았다.

꽈악!

힘을 줘 머리를 잡아 눌렀다.

그 순간.

와르르르…….

"으아아악, 안 돼!"

유골이 산산이 부서져 버렸다. 해골은 굴러떨어지면서 오른쪽까지 움푹 패었다. 수십 개의 뼈마디가 조그만 산처럼 쌓였다.

"후우, 미치겠구나."

풍천의 말이 옳았다.

뼈다귀 따윈 무시해야 했다. 그러나 또 이제 와서 무시하자니 마음이 편치 않았다.

도유강은 그 자리에 주저앉아 뼈를 하나하나 분리했다.

"이건 다리고, 이건 갈비뼈, 이건 팔이야 등뼈야?"
그렇게 한참이나 시행착오를 거친 다음 작업을 마쳤다.
유골은 더 이상 가부좌를 틀고 있지 않았다.
유골은 대(大) 자로 누워 있었다.
유골 앞에서 도유강이 머리를 세 번 조아렸다.
"죄송합니다. 용서하세요. 본의가 아니었습니다."
이제 그림 족자였다.
도유강은 그림 앞에 가부좌를 틀고 앉았다.
족자는 산의 전체적인 풍경을 담고 있었는데, 앉은 자세로 바라보기 좋은 높이였다.
도유강이 고개를 갸우뚱거렸다.
"낯이 익은 풍경인걸…… 내가 어디서 봤을까?"

*　　*　　*

그다음은 선학신군이 설명했다.
"구배지례를 올린 다음엔 유골의 뒤편에 걸린 그림 족자 앞에 앉는단다."
"사부님, 그림이 무공 구결인지요?"
"아니다. 그 그림은 항산을 묘사한 풍경화로 신묘하기 이를 데 없는 것이란다. 너는 그림 속으로 들어가야 한다."
"네? 어찌 사람이……."

주양인의 눈이 휘둥그레졌다.

"일곱 안배를 남기신 분들은 어느 누구 할 것 없이 한 시대를 풍미한 전설적인 분들이시다. 안배가 진행될수록 더욱더 비범함이 더해지고, 무공은 고절해진다. 첫 번째 안배를 남긴 지주현자는 음성을 남겨두었지."

주양인은 감탄에 겨운 표정을 감추지 못하고 다음 말을 기다렸다.

"그림 속으로 들어가는 방법은 특별치 않다. 길은 저절로 일어난다고 할 수 있겠구나. 그러나 지닌바 자질에 따라 그 기일이 달라지는 것으로 알고 있다. 양인이 너는 천고에 둘도 없는 자질을 타고났으니 닷새에서 엿새 사이에는 그림 안으로 들어갈 수 있을 게다."

"사부님, 외람된 말씀이오나 신성무혼님께서는 얼마나 걸리셨는지요?"

"허허, 녀석! 고인과 경쟁코자 함이냐?"

주양인이 옅게 얼굴을 붉혔다.

선학신군이 말을 이었다.

"검천신군이 신성무혼에게 전해 듣기로는 꼬박 닷새가 걸렸다고 하더구나. 너의 자질도 그에 못지않으니 닷새 정도면 그림이 변화하는 것을 보기 시작해 안쪽으로 들어갈 수 있을 것이다."

"제자 최선을 다하겠습니다."

"기간에 너무 마음 쓰지 말거라. 닷새면 어떻고, 열흘이면 어떠하냐. 안배를 얻는 것이 중요할 뿐이니라."

"네, 사부님."

"너는 그림 속에서 한 분을 만나게 될 것이다."

"아! 그분이······."

"그래, 그 유골의 고인이시다. 그분은 천 년 전의 절대자셨다. 시서예화에 능하셨고, 온갖 신비한 진법에도 도통하신 분이셨다. 더욱 놀라운 사실은 그분이 당대 천하제일고수의 반열에 오르신 것이 고작 이십 세 때였다는 점이다. 신성무혼 또한 젊은 나이에 절대적인 무위를 이루었으나 그는 여러 무공을 전수받는 입장이었고, 고인께서는 직접 무공을 창안한 것이니 그 능력은 비교하기 힘든 것이니라."

주양인이 머리를 조아렸다.

"제자는 그분 앞에서 결코 예를 잃지 않겠습니다."

"아무렴, 그래야 한다. 천 년 전의 위대한 무인이시니······."

   *   *   *

탁!

도유강이 무릎을 쳤다.

알아차렸다. 이 풍경은 항산을 담고 있었다.

"어쩐지 낯이 익더라니."

항산은 마교의 십만대산 다음으로 잘 알고 있는 곳이었다.

와선신의를 찾는다고 항산을 일곱 바퀴나 돌았으니 잊고 싶어도 잊을 수가 없는 것이다.

자세히 들여다보니 와선신의가 머물던 수렴곡의 반대편 풍경이었다. 도유강은 그때를 추억하며 한곳 한곳을 유심히 들여다봤다.

그림의 제일 위쪽은 푸른 하늘과 구름이 흐르고 있었다.

그 아래로 산봉우리들이 하늘에 닿을 듯 솟아 있었다.

오른쪽으로 시선을 돌렸다.

그곳은 대나무 숲이었다. 숲 위로 수십 마리의 산새가 날아오르고 있었다.

중앙에 큰 폭포가 드리웠고, 그 아래로 시냇물이 흘러내렸다. 그림의 묘사가 정밀하기 이를 데 없어 물속에 송사리들이 꼬리를 흔드는 모습까지 보일 지경이었다.

냇가를 따라 시선을 주던 도유강이 빙긋 웃었다.

사람이었다.

한 여인이 바위 위에 앉아 냇물에 발을 담그고 있었다. 등을 돌리고 있어 얼굴은 볼 수 없었지만 옷차림과 길게 흘러내린 머리카락으로 볼 때 분명 여인이었다.

이번엔 시선을 왼쪽으로 옮겼다.

그곳엔 화사하게 핀 꽃들이 만발했다. 꽃 위를 따라 노란 나비, 흰 나비가 날개를 팔랑였다. 정녕 마음까지 밝아질 정도로 생동감이 넘치는 자연의 꽃밭이었다.

"아름답구나."

저절로 미소가 어리고, 아름답다는 말이 자연스럽게 흘러나왔다.

항산이지만 항산이 아니었다.

기억 속의 항산과는 달라도 너무 달랐다.

'와선의 다리를 잘라 버리겠습니다'라고 말하던 풍천과 '차라리 날 죽여라'고 외치던 와선신의가 대치하던 살벌한 항산이 아니었다.

그림 속의 항산은 어떤 근심도 걱정도 없는 온전한 무릉도원이었다.

그때였다.

앞 머리카락이 바람에 날렸다.

"응?"

이곳은 수중 비동이다. 천장은 막혀 있고, 사방은 암벽이었으며, 나가는 통로는 오직 수중을 통해서만 가능했다. 즉, 바람이 들어올 만한 곳이 없었다.

한데 분명 바람이 이마 쪽으로 불어왔다. 그것도 앞에서!

도유강은 고개를 갸웃하며 그림 속의 구름을 바라봤다.

순간 변화가 찾아왔다.

쏴아아…….

대나무 숲이 바람에 흔들리며 특유의 소리를 냈다.

푸드득…….
산새도 날아올랐다.
도유강은 대나무 숲으로 시선을 돌렸다.
"어라?"
착각이었다. 대나무 숲은 고정되어 있었다. 산새도 처음 본 모습 그대로 그 자리에 있었다.
그때였다.
구름이 스윽 하며 움직였다.
재빨리 시선을 던졌다.
그러나 구름은 처음 그 자리로 돌아와 있었다.
"뭐, 뭐지?"
구름이 또 움직일까 싶어 심각하게 노려봤다.
구름은 더 이상 움직이지 않았다.
그때 다시 꽃향기가 진하게 풍겼다. 코끝이 간지러울 정도로 짙은 향기였다.
도유강은 번개같이 시선을 꽃밭으로 던졌다.
수십 마리의 노랗고 흰 나비들이 팔랑이다가 시선이 닿자마자 멈춰 버렸다.
도유강은 욱하고 부아가 치밀었다.
"또 멈춰! 왜 멈추는 것이냐! 왜 쳐다보면 멈추냔 말이다! 당장 움직이지 못해!"
그 말을 들었음인가.

졸졸졸…….

시냇물 소리가 들렸다.

도유강은 이번엔 시선을 바꾸지 않았다.

또 속을 수는 없었다. 두 눈을 꽃밭에 고정한 채로 시야를 전체로 확장했다.

시냇물이 흘렀다. 송사리 떼들이 꼬리를 흔들며 물속을 헤엄치는 모습도 보였다.

"하하하하! 나의 승리다! 역시 착각이 아니었던 거야! 움직여라, 그림아! 마음껏 생동하거라!"

도유강이 통쾌하게 웃으며 외쳤다.

그 순간 그림이 일제히 화답했다.

바람이 일며 구름이 흐르며 형태가 바뀌었다.

대나무 숲이 흔들리고, 그 위로 산새들이 날아올라 산봉우리 쪽으로 날아갔다.

"오오오!"

눈으로 보고도 믿기 힘든 환상적인 광경이었다.

이젠 시선을 어디에 두든 상관없었다.

사방에 꽃향기가 진하게 풍기고, 나비들이 팔랑거리며 꽃 위를 날았다. 폭포가 세찬 물보라를 일으키며 장관을 이루었다. 그 아래로 길게 이어진 시냇물 위로는 물고기 한 마리가 폴짝 뛰어올랐다가 다시 물속으로 들어갔다.

그리고 바위 위에 앉은 여인이 발로 물장구를 치기 시작했다. 이어 여인이 미끄러지듯 바위를 내려왔다.

그녀가 돌아섰다.

흑단 같은 머리카락이 허리까지 내려온 여인은 이십 세 정도로 보였고, 얼굴에서 광채가 일었다. 눈은 초승달처럼 웃는 모습이 매우 귀여웠다.

여인이 미소를 지으며 손을 흔들었다.

도유강도 얼떨결에 손을 흔들었다.

그러다 이게 뭐 하는 짓인가 싶어 얼른 손을 내렸다.

"이 멍청아, 내가 보일 리 없잖아."

"<u>호호호!</u>"

"어라, 웃네? 내가 보이나?"

"그럼요."

여인이 말했다.

도유강은 멍해지고 말았다.

"이 여자 말을 다 하네?"

"뭐라고요?"

여인이 양손을 허리에 짚고 쌍심지를 켰다.

"어? 또 말을 해?"

바로 그때였다.

화아아악~

순간 온 세상이 백색 광채로 뒤덮였다.

"으악!"

도유강은 비명을 내지르며 눈을 감았다. 광채는 너무 밝았다. 도저히 눈을 뜨고는 마주할 수 없는 빛이었다.

문득 졸졸졸, 거리는 시냇물 소리가 생동감있게 들려왔다.

서서히 눈을 떴다.

도유강이 입을 쩍 벌렸다.

"헉!"

두 발은 가부좌를 틀고 있지 않았다.

그는 시냇가의 자갈 위를 딛고 있었다.

비동의 천장도 아니다. 답답한 공기도 사라졌다.

하늘은 파랗고, 그 사이사이 구름이 떠 있었다.

주위를 둘러보았다.

항산의 풍경이 한눈에 들어왔다.

이것은 더 이상 그림이 아니었다. 현실이었다.

"우와, 이럴 수가! 내가 그림 속에 들어온 건가⋯ 이런 일이 가능하다니⋯⋯."

그때였다.

"당신은 누구죠?"

여인이 차갑게 말했다. 목소리가 뾰로통 모가 나 있었다.

도유강은 여인이 화가 나 있었다는 것을 떠올렸다.

왜 기분이 갑자기 나빠진 것인지는 알 수 없었다. 설마 '이 여자'라고 했다고 화를 낸 것이라면 모난 성격의 못난 여인일 터였다.

수중 비동의 족자

하지만 도유강은 책망을 삼켰다. 그림 속으로 들어온 이상 이 여인에게 잘 보여야 했다. 어쩌면 이 여자가 전대 고인의 거처를 알고 있을지도 모른다.

한마디로 안내자!

"도유강이라고 합니다."

점잖이 응대했다.

"아까 '이 여자'라고 했죠? 당신은 예의를 모르는 사람이군요."

"실언이었습니다. 그림이 말을 하니 놀라서 그런 것뿐입니다. 언짢으셨다면 용서하십시오."

"흥!"

여인이 홱 돌아섰다.

도유강은 정중히 용서를 구했는데도 여인이 화를 풀지 않자, 더 이상 상종하고 싶은 마음이 들지 않았다.

"소저, 기분이 나쁘신 듯하니 한 가지만 묻고 내 갈 길을 가겠습니다. 난 천고의 절학을 익히기 위해 수중 비동을 통해 이곳까지 오게 되었습니다. 부디 절학을 남기신 고인이 어디에 계신지 알 수 있겠습니까?"

여인이 몸을 돌렸다.

여인의 입이 천천히 열렸다.

"이런 멍청이!"

도유강은 멍해져 버렸다. 기습을 당하고 말았다. 요즘 젊고 아름다운 여자들은 욕이 아니면 대화가 안 되는 모양이었다. 손약란이 그러더니 그림 속 여자까지 입이 거칠기 짝이 없었다.

"이봐, 멍청이라니! 어디서 감히 욕설이냐!"

"멍청이니까 멍청이라고 하지, 그럼 뭐라고 불러야 하지?"

그래, 이제 알겠군. 도유강은 바로 정체를 파악했다.

이 여자는 안내자가 아니다. 도리어 고인을 만나지 못하도록 방해하는 혼돈의 마녀였다.

"하찮은 마녀 따위가 감히 내 꿈을 훼방하겠다는 것이냐!"

"마녀?"

여인이 스윽 일 장 앞으로 다가왔다. 어찌나 표홀한지 그 움직임이 귀신같았다.

"후후, 마녀가 틀림없군. 자, 실력을 보여봐라."

그 말이 떨어지기 무섭게 여인이 우장을 쭉 뻗었다.

도유강은 이미 예상하고 있었던 터라 지주절심장으로 맞받았다.

펑!

도유강이 주르륵 다섯 걸음을 물러섰다.

반면 여인은 그 자리에 선 채로 웃음을 머금고 있었다.

"훗, 이 정도는 버텨내는 걸 보니 아주 엉망은 아니로구나."

도유강은 바로 심각해졌다.

마녀는 만만한 상대가 아니었다. 이대로라면 고인을 만나 뵙기도 전에 마녀의 손아귀에 떨어질 것 같았다. 최악의 사태로는 그림 속에서 죽어버리는 것이었다.

그건 사양이다.

도유강이 나직이 입을 열었다.

"마녀, 넌 오늘 죽어야겠다."

은혼섬과 지주포룡수로 끝낸다.

양 소맷자락 속 혼강이 빙글빙글 돌며 발출 준비를 갖췄다.

*   *   *

"사부님, 고인의 용모를 여쭈어도 될는지요. 당연히 신선의 풍모를 지닌 분이실 터이나 제자 혹여 실수를 할까 두렵습니다."

"잘 물었다. 역시 선입관이란 무서운 것이로구나. 그분은 이십 세의 절세적인 미모를 지니신 여인이니라."

"아!"

"네게 공손함을 잃지 말라 당부한 이유가 거기에 있느니라. 비록 너와 동년배로 보이나 그분이 무학의 대종사이며, 천 년 전의 고인임을 잊지 말아야 하느니라."

"명심하겠습니다."

"청청선자(靑靑仙子)라 불리셨다. 그분은 최고의 정점의 순간에 생을 마쳐야 했지. 하늘은 위대한 재능과 미모를 주었으나 천수는 허락지 않은 게다."

"사부님, 그분은 외부의 적을 맞이하신 것입니까?"

"아니다. 그 이야기를 하기엔 시간이 부족하구나. 어둠이 내려앉으려 하니 돌아가서 이야기하도록 하자. 만묘신군, 그만 가시는 것이 어떻습니까?"

"그렇게 하지요."

이윽고 세 사람을 태운 배가 미끄러지듯 물길을 헤치며 멀어져 갔다.

잠시 후.

배가 머물던 곳 수면 위로 머리 하나가 스윽 하고 올라왔다.

풍천이었다.

천위칠군과 공동전인을 태운 배는 어느덧 까마득히 작은 점이 되어 있었다.

풍천이 흐릿해져 가는 배를 보며 고개를 갸우뚱거렸다.

第五章

청청선자

전전
긍긍
마교교주

결과는 참담했다.
대참패였다.
두 자루 혼강은 빼앗기고, 뭇매가 쏟아졌다. 어떻게 대항할 수 있는 상대가 아니었다.
"으아아아악! 그만, 그만, 그만 때려!"
도유강이 머리를 두 손으로 싸매며 고함을 내질렀다. 어찌나 두들겨 맞았는지 다리가 후덜거리고, 온몸이 쑤시지 않는 곳이 없었다.
"이제 그만 때리란 말이다!"
막 발길질을 하려던 청청선자가 몸을 바로 했다.

"멍청이가 그래도 아픈 줄은 아나보군. 꺼져 버려라!"

도유강은 엉거주춤 몸을 일으키며 슬슬 눈치를 살폈다.

마녀는 팔짱을 끼고 조소를 머금고 있었다.

꺼지라고 했다. 보내준다는 말이었다. 실컷 패다 결국 죽여 버리는 것인가 했는데 마녀는 죽일 마음까진 없는 모양이었다. 어쩌면 그림 속 선인이 누구도 죽일 수 없도록 금제를 걸어두었을지도 모른다는 생각이 들었다.

그런 것이라면 잃어버린 보물을 회수하고 속히 떠나는 것이 현명한 대처였다.

"혼강을 다오."

도유강이 손을 내밀었다.

"이게 혼강인가 보군. 싫다면?"

여인이 두 자루 혼강을 쥐고 흔들었다.

도유강이 버럭 고함을 내질렀다.

"야! 내 물건을 당장 내놓지 못해! 꺼져줄 테니까 달란 말이다!"

"너 덜 맞았구나. 확, 이걸 그냥!"

여인이 손을 들자, 도유강이 움찔하며 머리를 감쌌다.

여인이 바로 깔깔거리며 웃었다.

"재밌다, 재밌어."

도유강은 한숨을 내쉬었다. 아무래도 혼강은 일시적으로 포기해야 할 것 같았다. 선인을 만나 무공을 익힌 후 다시 빼

앉는 수밖에 없었다.

"두고 보자."

"호호호, 또 보려고?"

도유강은 절룩거리며 시냇가를 떠났다.

마녀와 쓸데없이 많은 시간을 허비하고 말았다.

지주현공을 익히는 데 걸린 기간은 열흘이었다. 두 번째 안배에서도 되도록이면 소요 시간을 최소화해야 했다.

시간은 금이다.

"후우……."

진기를 일주천하며 신의 균형을 잡았다.

"출발해 볼까! 복영쾌신!"

힘찬 외침과 함께 도유강이 해골의 주인을 찾아 항산을 이 잡듯 뒤지기 시작했다.

한 달이 지났다.

휘이이잉…….

도유강은 용추봉 정상에 서 있었다.

산야를 굽어보는 눈이 퀭했다.

도유강이 넋이 나간 듯 입술을 달싹거렸다.

"없다……."

휘이이잉…….

바람이 옷자락을 나부낀다.

도유강은 얼이 나간 표정으로 그렇게 바람을 맞았다.

그동안 항산을 샅샅이 뒤졌다. 백 바퀴를 넘게 돌았다.

동혈이란 동혈은 샅샅이 뒤졌고, 작은 구덩이도 빠짐없이 들어가 보았다. 덕분에 항산의 동혈이 몇 개인지 알아버렸을 정도였다.

혹시나 절벽 중간에 마련되었나 싶어 수십 차례에 걸쳐 절벽을 타고 내달리기도 했다. 심지어는 땅도 파봤다. 역시 헛수고였다.

목이 터져라 외쳐 보기도 했다.

"선인은 어디 계십니까?"

"도유강이 선인을 뵙고자 합니다!"

정중한 외침은 변해갔다.

"이 뼈다귀야, 당장 나오지 못해!"

"이게 무슨 짓거리냐! 나보고 어쩌라는 거냔 말이다!"

이제 부르는 것도 지쳤다.

시간이 갈수록 초조함은 늘어가고 두려움도 피어났다.

그건 정녕 치명적인 두려움이었다.

"없다… 무공이 문제가 아니야. 나갈 방법이 없어."

그림 속에 완전히 갇혀 버린 것이다.

"아아아아아악~"

도유강이 절규했다.

메아리가 더욱 처절하게 돌아왔다.

두 달 뒤.

도유강은 동굴 벽에 등을 기대고 있었다.

생기도, 활력도 없는 식물인간처럼 그저 눈만 깜박거렸다.

문득 도유강이 동굴 입구를 통해 밤하늘을 쳐다봤다.

별자리와 달의 위치를 물끄러미 바라보던 도유강이 피식 웃었다.

"자정이군."

돌멩이를 주워 벽에 금 하나를 그었다.

새로 그은 금 앞에는 오십구 개의 금이 그어져 있었다.

오늘로 육십 일째였다. 새로운 하루가 시작된 것이다.

스르르르……

풀썩.

도유강은 등을 기댄 채로 미끄러지듯 모로 쓰러져 다시 식물인간처럼 눈을 깜박거렸다.

"두 달이 이백 년 같아……."

문득 풍천이 떠올랐다.

풍천은 아직도 물속에 있으려나. 그럴 가능성이 농후했다. 그놈은 지독한 놈이니까.

"하아……. 나…… 어쩌면 좋지……."

다음날 도유강은 마음을 고쳐먹었다.

자존심 따윈 버려야 할 때였다.
마녀를 찾아가 도움을 청하는 방법 외엔 답이 없었다.
몇 대 맞더라도 그게 지금으로선 최선이었다.
뚜벅뚜벅 시냇가로 걸음을 옮겼다.
마녀가 보였다.
그녀는 그림에서처럼 바위 위에 걸터앉아 물장구를 치고 있었다. 인기척을 냈다.
"흠흠……."
마녀가 돌아봤다.
"어라, 그때 그 멍청이잖아! 아직까지 안 가고 있었어? 호호호, 두 달이나 지났잖아. 도대체 얼마나 멍청하면 아직도 선인을 만나지 못했을까."
울컥, 감정이 치밀었지만 가까스로 억눌렀다.
과거의 불행은 교훈으로 삼으라고 있는 것이지, 반복하라고 있는 것이 아니다.
"미안하다."
"와아, 대단하네. 너, 미안한 줄을 벌써 깨달은 거야?"
마녀가 과장된 표정을 지어 보였다.
도유강이 어깨를 으쓱했다.
"뭐, 그런 거지."
"반성의 기미가 보이네. 이쪽으로 와서 앉아."
분위기가 따뜻하진 않아도 이 정도면 나쁜 것도 아니었다.

도유강이 그녀의 옆에 앉았다.

"도저히 못 찾겠다. 넌 얼굴도 예쁘고 귀엽기까지 하니까 사람 하나 살리는 셈치고 날 좀 도와다오. 선인은 도대체 어디에 있는 거냐? 만약 그걸 모른다면 나가는 방법이라도 알려주라."

"호호호, 세상에 공짜는 없거든."

"응?"

도유강이 눈을 동그랗게 떴다.

"하하하, 알고 있구나? 좋아. 무엇이든지 말만 해."

"으음, 우선은……."

"우선은, 이라니?"

"하나로는 안 되지. 싫음 말고."

"알았어, 알았어. 되게 비싸게 구네."

"일단 멧돼지를 잡아와. 돼지고기가 먹고 싶어. 불에 잘 익힌 돼지고기!"

"진짜로?"

"응, 그래. 뭐 해, 안 뛰어가고."

첫째 소원이 돼지고기라니. 마녀가 틀림없었다.

그래도 선택의 여지는 없었다.

도유강은 멧돼지를 찾아 일장에 쳐죽이고 불에 구웠다.

"와아, 돼지고기다!"

마녀는 환호성을 내지르며 고기를 뜯었지만 많이 먹지는

않았다. 도리어 그동안의 식욕부진을 떨치고 포식한 것은 도유강이었다.

"자, 이번엔 후식으로 물고기를 먹어볼까?"

"곧 대령합지요."

도유강은 지주포롱수로 물고기를 잡아다 바쳤다.

마녀가 배를 통통 두드렸다.

"아, 배부르다. 오늘은 이쯤이면 됐어. 가봐."

"선인은?"

"뻔뻔하긴. 고작 이 정도로 때울 참이야? 돼지하고 물고기 정도로?"

도유강은 아랫입술을 깨물었다.

제대로 낚였다. 화를 내자니 오늘 일이 아깝고, 또 다른 방법도 없었다.

"싫어?"

마녀가 빙긋 웃었다.

"그럴 리가."

"입술은 왜 깨무는데?"

"아하하하, 이건 버릇이야. 기분이 좋으면 원래 입술을 깨물거든."

"멍청이라서 버릇도 괴상하구나. 내일 보자."

도유강이 또다시 입술을 깨물었다.

여인이 까르르 웃었다.

"또 기분이 좋아진 모양이네."

다음날 마녀의 요구 사항은 신선했다.
덕분에 도유강은 정신이 반쯤 나가 버렸다.
툭! 툭!
"검은 머리 뽑으면 하나에 한 대씩 맞는 거다."
마녀가 도유강의 무릎을 베개 삼은 채로 말했다.
흰머리라니. 도유강으로선 생애 첫 경험이었다.
세 개쯤 뽑는데 더 이상 흰 머리카락이 보이지 않았다.
아무리 머리를 들추고 안을 들여다봐도 모조리 검은 머리카락뿐이었다.
"더는 없어."
"잘 찾아봐."
"없다니까!"
"왜 성질을 내고 난리야."
"없는데 찾으라고 하니까 그렇지."
"유강 공자님, 그러지 말고 천천히 찾아보세요."
"쳇!"
그렇게 일식경이 지나 겨우 한 개를 더 찾은 다음에야 겨우 멈출 수 있었다.
"자, 이번엔 날 업어."
마녀가 태연히 말했다.

도유강이 눈을 치켜떴다.
"앙?"
"업으라고. 폭포 구경 가고 싶어."
"발이 없어, 손이 없어!"
"선인 만나기 싫어?"
"젠장, 업혀!"
"호호호, 진작 그럴 것이지."
도유강은 복영쾌신을 발휘해 폭포 쪽으로 내달렸다.
"경공은 그럭저럭 봐줄 만한걸. 내력 소모도 많지 않으면서도 빨라. 매우 효율적이야."
마녀가 말을 할 때마다 숨결이 뿜어져 귀가 간지러웠다.
"귀 간지러워."
"오호, 그러세요. 후우, 후우……."
마녀가 귀에 바람을 불어넣었다.
"으아하하하, 간지럽다니까."
"그럼 이건 어떨까?"
마녀는 급기야 겨드랑이를 간질였다.
신형을 날리던 도유강이 웃음 발작을 일으켰다. 그 바람에 두 사람은 한데 엉켜 구르고 말았다. 넘어져서도 마녀가 깔깔 웃으며 계속 간질였고 도유강은 비명처럼 웃으며 몸부림쳤다.

열흘이 훌쩍 지났다.
그사이 마녀의 이름이 유청청이라는 걸 알게 되었다.
그리고 또 그사이 유청청은 갖가지 수행 명령을 내렸다.
"발을 씻겨!"
"등을 긁어봐. 거기 말고 그 옆에!"
"꽃을 꺾어다 줘."
"새알을 구워 먹자. 훔쳐 와."
"절벽으로 놀러 가자."
기막힌 발상이 돋보이는 어려운 요구 사항들이 줄을 이었다.
이대로라면 평생이 지나도 요구 사항은 끝나지 않을 것 같았다.
그런데 문제는 전혀 새로운 곳에서 발생했다.
그건 바로 도유강의 마음에서 비롯되었다.
전혀 뜻밖의 문제였고, 또 한편으론 문제가 아니었다.
그건 다름 아닌 이 생각이었다.

―여기도 살 만하잖아!

어느덧 그림 속으로 들어온 지도 칩실여 일이 지나고 있었다. 그러나 이곳은 현실보다 더욱 현실적인 세계였다.
유청청과 보내는 시간도 어느덧 즐거움이 되었다.

그녀는 아름다웠고, 티격태격 싸우는 것도 또 다른 삶의 재미였다. 손약란 같은 욕쟁이도 아니었다.

자신보다 무공이 강했지만 평소엔 그 사실을 전혀 인식할 수 없었다.

바깥으로 나가면 기다리는 건 풍천이다.

또 검(劍)과 도(刀), 살벌한 강호의 은원(恩怨)들이었다.

그러나 이곳은 매일이 평화스러웠다. 정작 그동안 꿈꿔온 세상인 것이다.

"하하하, 유청청 말이 맞았구나. 난 멍청이였어."

도유강이 갑자기 크게 웃으며 말하자, 유청청이 다가와 고개를 갸웃했다.

"내 말이 맞다니?"

"난 이제 선인 같은 건 필요없게 됐다."

"무슨 소리야? 천하무적이 되어야 한다면서?"

"그거야 밖에 나갈 때 필요한 거지."

"그럼 안 나갈 거야?"

"응."

도유강이 태연히 대답했다.

유청청이 손가락 한 개를 펼쳤다.

"이거 몇 개?"

도유강이 짐짓 화난 표정을 지었다.

"미친놈이라는 거냐? 세 개잖아."

"흐음, 정상인데……."

유청청이 턱을 어루만지며 갸우뚱거렸다.

그 모습이 매우 귀여워 도유강이 큭큭거렸다.

유청청이 곁에 앉아 물었다.

"근데 넌 바깥세상에서 누구였어? 집안, 강호의 위치, 천하무적의 무공이 필요했던 이유라던가 그런 거 말야."

"마교 소교주! 아니, 몇몇에겐 이미 마교 교주긴 하군."

유청청이 피식 웃었다.

"거짓말 말고! 여긴 마교 따윈 들어올 수 없다고."

"진짜야. 마공을 익힌 적이 없거든. 모두 아버지의 치밀한 계획이었어."

"정말? 말도 안 돼."

"말이 안 되는 건 맞는데, 그게 나야."

이후 도유강은 자신이 지나온 삶의 경로를 설명했다.

아버지가 아수라천마로 불린 마도의 전설이자 전대 마교 교주고, 반란이 일어나 도주한 상태라는 것. 그리고 아버지가 세 명의 심복을 남겨두었는데 셋 다 정상이 아닌 것 같은데 일단은 말도 안 되게 강력한 풍천이라는 심복이 붙어 다니게 되었다는 것 등이었다.

마교를 나온 뒤 온갖 괴이한 강호 경험을 하게 된 것도 차례대로 이야기해 주었다.

"와아, 멍청이가 맞구나."

"어이, 이봐."

"호호, 농담, 농담. 그러니까 너는 마교 교주가 되기 싫다 이거지?"

"그래. 난 보통 사람처럼 살고 싶어. 강호도 싫고, 무식하게 누가 센지 비무하는 것도 이해할 수 없어."

"무공을 익히려는 이유는 그 심복을 쓰러뜨리고 자유를 쟁취하려는 것이고?"

"그게 최우선이지. 또 이유를 들자면 마교 척살대도 대비해야 하고, 와선신의도 날 죽이려 하니까 그것도 감당해야 했지."

"쯧쯧, 안됐다."

"후후, 이젠 상관없어. 난 나갈 생각이 없거든."

"막 선인을 알려주려고 했는데."

"필요없어. 근데 정말 이곳에 있기는 있는 거야?"

"응. 여기!"

유청청이 손가락으로 자신의 가슴을 가리켰다.

"너? 하하하, 넌 마녀잖아."

"나야. 내가 이 세계를 만들었어. 청청선자라는 이름으로 불리기도 했지."

"아, 장난 그만 쳐라. 유골만 봐도 과묵한 뼈다귀던데 넌 말이 많잖아."

"과, 과묵한 뼈다귀?"

유청청이 쌍심지를 켰다.

단숨에 분위기가 살벌해졌다.

도유강이 흠칫했다.

"너, 너… 진짜 선인이었구나."

마녀나 안내자라면 굳이 이렇게 화를 낼 이유가 없었다. 정좌한 유골을 눕혀놓았다는 말을 하면 살인이라도 저지를 것 같았다.

"그래, 이 멍청아! 내가 왜 줄곧 멍청이라고 했는지 이젠 알겠냐!"

도유강이 입을 바보처럼 벌리고 고개를 끄덕였다.

"아하, 그렇구나. 그랬던 거구나."

그러다 불현듯 한 생각을 떠올렸다.

"그럼 나이가… 백 살? 아니지, 삼백 살, 오백 살… 헉! 이럴 때가 아니구나."

도유강이 벌떡 일어나 허리를 굽혔다.

"그동안 무례가 많았습니다. 연로하신 분께 버릇없이 굴고 말았습니다. 용서하십시오."

유청청이 입을 삐죽 내밀었다.

눈도 잔뜩 찡그렸다.

"멍청이! 바로 재미없어졌어."

"네?"

"꺼져, 멍청아!"

"어르신, 왜 그러시는지 이유를 말씀해 주셔야……."

"어르신이라고? 아예 할머니라고 부르지 그러냐. 이 사악한 마교 놈, 오늘 내 너를 죽여 버릴 테다!"

유청청이 장력을 날렸다.

"으아아악~"

"야! 진짜 죽을 뻔했잖아!"

동굴 안에서 도유강이 고함을 꽥 하고 질렀다.

이미 항산은 어둠에 잠겨 있었다. 시냇가에서 가까운 개인 동굴에 누워 도유강은 유청청을 성토했다.

"온 삭신이 쑤셔 죽겠네. 그게 여자 손이냐? 괴물 손이지."

"미안, 미안……."

유청청이 그 옆에 얌전히 앉은 채로 말했다.

미안하다고 말하면서도 얼굴은 방실방실 웃고 있었다.

"그냥 평소대로 친구 하자고 말하는 것이 그렇게 어렵냐! 왜 사람을 패고 난 다음에 말하는 거냐고! 난 사람의 도리상 예의를 차린 것뿐인데!"

"난 한 번도 어르신이나 할머니가 된 적이 없는데 그 말을 들으니 잠시 정신이 나가 버린 것뿐이야. 근데 앞으로도 한 번만 더 그 입에서 어르신 소리가 나오면 그땐 이 정도에서 안 끝난다. 알겠지?"

유청청이 도유강의 입술을 톡톡 치며 말했다.

"알았다니까. 나야 좋지."

"아, 오늘로 네가 온 지도 칠십 일째네."

유청청이 동굴 벽에 등을 기댔다.

도유강이 씨익 웃었다.

"처음 두 달은 하루가 일 년이고 십 년 같았는데 근래 열흘간은 고작 몇 시간 같네."

유청청도 미소를 머금었다.

"근데 넌 그림 속에 들어오는 데 며칠이나 걸린 거야? 멍청이라서 몇 달이려나?"

"몇 달이라니, 농담도 참. 반 시진도 안 걸리던데."

"너야말로 농담하지 말고."

"한참 바라보긴 했지. 일식경 정도 지나니까 좀이 쑤시기 시작하더라구. 그때 마침 그림에 변화가 일어서 다행이었지."

유청청이 눈을 동그랗게 떴다.

"와아, 너 달라 보이는걸."

"너스레는……."

"진짜야. 그 누구도 반 시진 안에 들어올 수 없어. 이제 보니 멍청이면서 천재였네. 그렇게 빨리 들어와 놓고 두 달을 헛고생하다니. 무학엔 천재인데 일상에선 멍청이인 걸까?"

"어이, 듣는 멍청이 기분 나쁘거든."

"넌 정말 마교 교주가 되면 안 되겠다. 큰일나겠어. 멍청한

데다 무공만 세면 여러 사람 피해 주고 말지. 아무렴."

"그런 건 안 한대도."

도유강이 팔베개를 하고 모로 누워 유청청을 올려다봤다.

"근데 넌 어떻게 된 거야? 네 이야기를 해봐."

"에이, 내 이야긴 재미없어."

유청청이 손사래를 쳤다.

그러나 이내 얼굴이 어두워지고 말았다.

도유강은 아차 싶었다. 비동의 유골과 그림, 그리고 현재 그녀의 모습을 보자면 이건 물으나 마나였다. 결코 좋은 질문이 아니었고, 섣불렀다.

'망할, 난 정말 멍청이로군.'

유청청은 이미 죽었다. 그것도 바로 지금 눈에 보이는 모습이 생의 마지막 모습일 것이다. 비동에 정좌하고 최후를 맞이한 것으로 볼 때 죽음은 그녀로서도 어찌할 수 없는 불가항력적인 것이었으리라.

그러나 유청청은 다른 길을 선택한다.

죽음 직전, 아름다운 동정호 아래 기문진을 설치한다.

그리고… 풍경화 속에 들어와 영원히 사는 길!

인연을 따라 그림 안으로 들어오는 이들에게 무공을 전수한다. 마인은 기문진으로 걸러냈으니 안심하고 정파의 후기 지수들을 가르쳤으리라. 유청청이 자신을 가리켜 천재라고 했지만 진정 천재 중의 천재는 유청청이었다.

여태 몇 명이나 그림 속으로 들어왔을까?

일 년에 한 명씩 들어올 수 있는 안배가 아니다.

백 년, 아니, 이백 년에 한 번일 수도 있었다. 그동안만큼은 홀로 이 드넓은 항산에서 고독한 삶을 살아야 하는 것이다.

영원히 살지만 또 가혹하리만치 고독한 삶인 것이다.

유청청은 여전히 말이 없었다.

도유강은 무슨 말을 해야겠다고 생각했지만 미안하다고 말을 하기에도 늦어버려 적당한 말을 찾지 못했다.

시간까지 정지한 듯 무거운 침묵이 한없이 이어졌다.

그러던 한순간이었다.

"난 구음절맥이었어."

유청청이 속삭이듯 말했다.

도유강은 대답도 못하고 겨우 침만 삼켰다.

"일곱 살 때… 스무 살까지밖에 살 수 없다는 걸 알았어. 나 안됐지?"

유청청이 과장되게 슬픈 표정을 지었다.

기회였다. 도유강이 벌떡 상체를 일으켰다.

"어휴, 천만에요. 스물도 안 돼서 요절한 사람들이 강호엔 지천인걸. 넌 영원히 살잖아. 게다가 돼지고기 요리도 잘하는 나 같은 걸출한 인물도 곁에 있고. 넌 행복에 겨운 거야."

"호호, 그렇긴 하네. 뒷말만 빼곤 말이야."

"어허, 이거 왜 이러시나. 뒷말이 제일 중요하다고."

유청청이 환하게 웃었다.

어둠은 더 이상 보이지 않았다. 다행이었다.

"네가 처음이었어."

유청청이 말했다.

"뭐가?"

"내게 감히 함부로 굴고 막말을 한 사람으로. 그 누구도 눈도 제대로 맞추지 못했거든. 다들 대뜸 보자마자 구배지례를 올린다고 난리법석이었지. 근데 넌 달랐지……."

도유강이 흐뭇하게 고개를 끄덕였다.

유청청이 말을 이었다.

"난 정말이지 어떻게 저런 멍청한 얼간이가 이곳까지 오게 되었을까 한참 고민했다니까. 안배에 심각한 결함이 생긴 것은 아닌가 의심도 들었고 말이야."

"어허!"

"두 달 내내 선인을 찾는다고 돌아다닐 때가 절정이었지. 호호호호, 그렇게 웃어 보긴 처음이었어."

도유강이 쩝쩝거리며 입을 다셨다.

"내가 봐도 한심했으니 오죽했겠냐. 그런데 이전에 다녀간 사람은 몇 사람이었어?"

"셋!"

"고작 셋이었어?"

"응, 하나같이 고리타분한 작자들이었어. 어찌나 예의가 바르고 공손한지 내가 다 숨이 막힐 지경이었다니까. 정파의 기재들이란……. 그런데 네가 그 고고한 전통을 깨버렸지. 역시 마교의 소교주랄까. 마인의 핏줄은 뭔가 달라도 다른가 봐."

"킁, 이거 칭찬 아니지?"

"굉장한 칭찬이지."

"아, 네… 고맙습니다."

"마도도 꼭 나쁜 건 아니란 걸 느꼈어. 제멋대로지만 그 나름의 멋이 있는 것 같아."

"멋은 개뿔. 여차하면 죽여 버리는데. 나 결심했다."

"뭘?"

"나 진짜 이곳에서 살 거다, 너랑 오순도순."

"아이고, 이거 황송해서 어쩌죠? 무공은 필요없으시고요?"

"그딴 건 필요없대도. 밖에 안 나갈 거야. 나가면 하루하루가 정말 끔찍해. 목숨을 호심탐탐 노리는 놈들에서부터 천하제패 노래를 부르는 수하, 가만히 있어도 시비를 걸어오는 온갖 무림인들… 넌 상상조차 못할 거야. 벌써 칠십 일이 지났지만 내 심복, 풍천이라고 말해줬지? 그놈은 몇 번 숨쉬러 물 밖으로 나가는 걸 빼면 아직도 물속에서 기다리고 있을 거다. 미치도록 지독하다니까."

"너…… 진심이야?"

유청청이 심각하게 물었다.

언뜻 두 눈에 물기가 어린 것도 같았다.
"물론이지."
도유강이 단호히 고개를 끄덕였다.
또르르르…….
유청청의 눈에서 눈물이 흘러내렸다.
"이 천하에 몹쓸 놈, 멍청한 거짓말쟁이!"
그녀가 벌떡 일어나 동굴을 뛰쳐나갔다.
도유강은 벙찐 얼굴이 되고 말았다.
"뭐야? 내가 뭘 어쨌다고?"

第六章
극렬순백장

전전
긍긍
마교교주

유청청은 사라져 버렸다.

당연히 시냇가에서 만날 줄 알았거늘 그녀는 온데간데없이 자취를 감춰 버렸다.

도유강은 하루 종일 항산을 이 잡듯 뒤졌다.

유청청이 좋아하는 꽃밭에도, 자주 가는 항운봉 위에도, 폭포 쪽에도 그녀는 없었다.

말로 하기 힘든 허전함이 밀려들었다.

수백 년을 홀로 지냈을 유청청의 외로움도 느낄 수 있었다.

그리고 어느샌가 유청청이 심장 깊숙이 아로새겨져 있다는 것도 깨달았다.

그렇게 하루가 가고, 다음날 오후 무렵이었다.
멍하니 시냇가 바위 위에 앉아 있을 때였다.
"바위 위에 요염하게 앉은 공자는 뉘신지요?"
유청청은 무슨 일이 있었냐는 듯 밝게 웃고 있었다.
도유강은 울컥했다.
"너 뭐야!"
"소녀는 유청청이옵니다만."
"어휴, 울다가 웃으면 어떻게 되는 줄 몰라? 하루 건너뛴 것이긴 해도 울다 웃으면 엉덩이에 털 나버린다고. 예쁘게 생겨가지고 엉덩이에 털 나면 아주 볼만하겠다."
"원래 여자란 그런 거야. 이 정도는 이해해야 하는 거라구."
"네네, 그러시겠죠."
"우리 폭포 쪽으로 가서 헤엄치고 놀자."
"먼저 약속해."
"뭘?"
"또 울지 않겠다고."
"좋아, 까짓것."
두 사람은 새끼손가락을 걸었다.
도유강이 쭈그리고 앉았다.
"업혀!"
"와아, 나 감동해서 눈물 나려고 해."

"그 눈물도 안 돼!"

"칫, 알고 보니 폭군일세. 누가 마교 아니랄까 봐."

유청청이 등에 업혔다.

도유강은 그녀의 몸이 등에 닿자, 묘한 안도감이 들었다. 영원히 잃어버린 줄 알았던 소중한 보물이 돌아온 느낌이었다.

"자, 간다."

"웅!"

하루하루가 빠르게 지나갔다.

시간이 이렇게 빨리 갈 수도 있는 건가 싶을 정도였다.

하루는 도유강이 요리를 하고, 또 하루는 유청청이 요리를 했다. 사냥도 함께했다. 유청청이 멧돼지를 몰면 도유강이 때려잡았다. 한번은 멧돼지가 도유강을 피해 유청청에게 달려들었다가 소리도 못 지르고 즉사해 버렸다.

도유강은 수렴곡 폭포 안쪽으로 유청청을 데리고 가서 와선신의에게 해독약을 얻는 과정을 설명해 주기도 했다.

유청청은 풍천이 모가지를 비틀어 버렸다는 말에 까르르 웃더니 한번 보고 싶다고도 말했다. 농담이라도 그런 말은 하는 것이 아니라고 대답해 주었다.

함께 물속으로 잠수해 물고기도 잡았고, 누가 더 물속에서 오래 버티나 내기를 하기도 했다.

물론 도유강의 백전백패였다.

그렇게 시간은 활처럼 흘러 어느덧 백 일째가 되었다.
그날 밤, 두 사람은 모닥불을 피우고 마주 앉았다.
타탁거리며 장작이 타올랐다.
"오늘이 백 일째네."
유청청이 말했다.
도유강이 어깨를 으쓱했다.
"와아, 벌써 그렇게 된 건가? 시간 참 빠르네."
"응, 그래서 백일 기념으로 선물을 준비했어."
"선물? 으음… 난 그 생각은 미처 못했는데……."
"네네, 그럴 줄 알았죠."
유청청이 비꼬았다. 얼굴에 장난기가 가득했다.
도유강이 배시시 웃었다.
"선물이 뭔데?"
"오늘부터 무공을 가르쳐 주려고."
"에에, 난 또 뭐라고. 그 선물은 안 받을 거야. 여기에서 나갈 것도 아닌데 무슨 소용이야."

도유강이 짐짓 토라진 표정을 짓고는 모기만 한 소리로 '난 또 입맞춤이라도 해준다고…' 라고 중얼거렸다.
"흥!"
유청청이 코웃음을 치고 말했다.

"내 입술은 비싸거든요. 어디서 감히. 그러지 말고 소일거리로 무공을 배워. 이유가 무슨 소용이야. 그냥 취미 생활이라고 생각하면 되잖아. 뭐, 훌륭한 제자가 된다면 그땐 한번쯤 고려해 볼게. 어때?"

도유강이 벌떡 일어섰다.

"어떠냐니, 두말하면 잔소리지. 무공만큼 좋은 것이 어디에 있다고. 배울 때 배워둬야지."

유청청이 배꼽을 잡고 웃었다.

"아이고, 유청청 살려. 사람 살려주세요."

"자, 어서 하자고. 바쁘니까 구배지례 같은 건 생략하고."

"후후, 이런 못된 제자 같으니. 자, 그럼 시작해 볼까. 전수할 무공은 '극렬순백장(極烈純白掌)'이고 먼저 구결을 알려줄 테니 외우도록 해. 네 앞에 다녀간 정파의 세 기재는 구결을 암기하는 데 꼬박 하루가 걸렸어. 자, 마교의 자존심이 걸린 문제야. 정신을 집중해."

"마교의 자존심은 또 뭐야!"

"후후후! 자, 간다."

도유강은 정좌하고 지그시 눈을 감았다.

맑고 청명한 유청청의 음성이 끝없이 귓가를 간질였다.

극렬순백장은 총 구초식으로 이루어진 장법이었다.

일초 붕산호방(崩山護防).

이초 십단신금(十團神琴).

삼초 반탄지결(反彈之結).

사초 능풍천절(陵風天切).

오초 만향건곤(萬香乾坤).

육초 반형쇄혼(半形碎魂).

칠초 회선제마(回線制魔).

팔초 무영출암(無影出巖).

구초 백광천수(白光天垂).

이 아홉 개의 초식의 기반은 변(變), 회(回), 점(點), 유(流), 추(追)의 다섯 심결을 따라 변초를 보여 마흔다섯 초식으로 분화하는 원리였다.

기본 구결은 삼백육십 문자로 이루어져 있었는데 거기에서 파생된 각종 변화로 인해 총 구결은 이만 자를 상회했다.

구결 낭독을 끝내고 유청청이 말했다.

"어느 정도 외웠어?"

"휴우, 간신히 다 외웠네."

"웅? 거짓말하지 말고."

"진짜야. 아까 그 말은 농담 아니었어?"

"무슨 말?"

"다녀간 정파의 기재들이 하루를 꼬박 외웠다는 말 말이야. 이 정도는 누구나 다 하는 거잖아."

"누가 그래?"

"아버지가. 내가 여덟 살 때였어. 은혼섬의 구결을 외우게

하셨는데 총 글자수가 삼만 자가 넘었거든. 난 겨우겨우 기억을 더듬거리며 한 번에 외웠는데 아버지가 '이렇게 미련한 놈이 내 아들이란 게 희한하다'면서 딱밤을 때리셨어. 대성하긴 글렀다고까지 하시던걸."

"네 아버지가 마교 교주라고 했지?"

"응. 그게 왜?"

"마도인들이 좀 이상하긴 하다. 다들 정상이 아닌 것 같아. 자, 그럼 누구나 할 수 있다는 그 암송을 한번 들어볼까?"

도유강은 보란 듯이 구결을 읊기 시작했다.

처음부터 끝까지 막힘이 없었고, 마치 눈앞에 비급을 들고 읽는 것처럼 틀린 구결이 하나도 없었다.

유청청이 눈을 동그랗게 떴다.

도유강이 물었다.

"왜 그래?"

"있잖아. 너 마교 교주 할 거야, 안 할 거야?"

"무슨 소리야. 난 안 나갈 거라니까."

"맞다. 그랬었지. 다행이다, 다행이야."

"다행은 또 뭐야?"

"혹시라도 네가 마교 교주가 되면 정말 무서울 것 같아서."

"에휴, 무서운 사람은 따로 있네요. 심복이란 놈이 더 무서워. 바깥세상이 아주 뒤죽박죽이야."

"호호호, 네 말을 들으니 마교가 왠지 호감이 가는걸."

"남 일이라서 그래. 물론 이제 나도 남 일이지만."

"자, 그럼 내친김에 한걸음 더 나아가자. 극렬순백장의 아홉 초식의 기본 형태를 보여줄게. 내가 초식을 펼치면 경락의 흐름이 보일 거야. 그건 네 수련을 위해 내가 밖으로 드러내는 것일 뿐이야. 실제로 펼칠 때는 경락이 보이는 건 아냐. 알겠지?"

"응."

"일초식! 붕산호방!"

유청청이 우장을 자연스럽게 늘어뜨리고, 좌장을 앞으로 쭉 뻗었다. 그와 동시에 단전에서부터 백색 광채가 꽈리를 틀며 기혈의 흐름을 타고 우장과 좌장으로 빠르게 이동하는 모습이 보였다.

파앙!

좌장 앞에서 둥그런 빛의 방패가 떠올랐다가 사라졌다.

구결 속에서 붕산호방은 무너지는 산을 막아선다는 뜻과 같은 절대 방어식이었다.

"봤어?"

"응, 대단해."

도유강은 이때 입을 쩍 벌리고 눈을 동그랗게 뜨고 있었기에 유청청은 기분이 덩달아 좋아져 환하게 웃었다.

"붕산호방에서 변의 결을 결합하면 이런 형태가 돼."

유청청이 똑같은 동작을 취했다. 대신 기혈의 흐름이 더욱

격렬해지고 변화가 현란했다. 이번에는 백색의 방패가 팔괘의 방위를 따라 몸을 감싸듯 수십 개가 일제히 떠올랐다.

"자, 그다음은 회결!"

앞쪽의 빛의 방패가 몸을 휘돌아 등 뒤로 나타났다.

그렇게 점, 유, 추결을 차례로 시전을 마쳤을 때, 도유강은 반쯤 넋을 놔버렸다.

유청청은 우쭐한 표정이 되었다.

"뭐 이 정도 가지고. 사실 일초식은 창안할 당시 몇 번을 제외하고는 거의 사용한 적이 없었어. 얼마 후부터는 굳이 방어를 할 필요가 없었거든."

도유강은 순순히 고개를 끄덕일 수밖에 없었다.

"굉장해. 이런 무공을 창안하다니. 네 시대에 넌 천하제일인이었던 거네?"

"호호호, 내 입으로 말하긴 쑥스럽지만 사실이 그렇지."

"그럼 앞서 다녀간 정파의 기재들도 모두 천하제일인이 된 거야?"

"아니."

"왜?"

"음, 어떻게 설명하는 것이 좋을까? 예를 들어서 말이야, 다섯 사람에게 똑같이 화초 키우는 법을 알려줬다고 해봐. 그 방법은 하나도 틀림이 없다고 해도 그 결과는 사뭇 달라지거든. 요는 누가 그 무공을 펼치느냐, 어떤 자질을 가지고 있느

내가 중요하지. 또 나는 나만의 신체적 특성에 맞게 극렬순백장을 창안한 거라서 그들은 극렬순백장으로 천하제일이 될 수는 없었을 거야."

"그렇구나. 과신했다가 죽기 딱 좋겠는걸."

"그래도 방법이 없는 건 아니야. 내가 열아홉이 되어 동정호에 안배를 마련할 때쯤 난 극렬순백장을 내가 아닌 다른 이가 펼치더라도 동일한 위력을 발휘할 수 있게끔 초극렬순백장을 완성했거든. 이것은 훨씬 더 많은 깨달음과 기간이 소요되지만 근골이 뛰어난 자라면 나처럼 극렬순백장의 효용을 모두 끌어낼 수 있게 변형한 거야."

"앞서 간 세 사람이 천하제일이 안 된 것은 초극렬순백장이 아니었다는 거네?"

"응. 하지만 네겐 초법(超法)을 전수하고 있는 거야. 나 착하지?"

고개를 오른쪽으로 기울이며 귀여운 척했다.

그 모습은 진정 귀여웠다.

"하하하하!"

도유강이 웃음을 터뜨렸다.

"황송해서 몸둘 바를 모르겠군."

"호호호호!"

유청청은 이어 이초식인 십단신금을 펼쳐 보였다.

가슴 앞쪽에서 손가락을 튕겼다. 그건 마치 투명한 칠현금을 연주하는 것처럼 보였다. 순간 수십 개의 빛의 구슬이 전방으로 쏘아졌다.

삼초식 반탄지결은 상대의 공격을 돌려주는 수법이었다.

중요한 요결은 공격을 받아내는 정확한 시점에 있었다.

사초식 능풍천절은 주로 점으로 이루어진 직선적인 공격을 다루었다.

그렇게 오초식 만향건곤에 이어 마지막 구초식 백광천수에 이르렀을 때였다.

유청청이 말했다.

"밖으로 나가자. 백광천수는 이곳에선 무리야."

도유강은 신법을 펼쳐 유청청을 따라갔다.

그녀는 천절봉 정상에 가서야 멈췄다.

도유강이 말했다.

"하하, 이거 너무 거창하잖아. 산봉우리 하나라도 날려 버릴 참이냐?"

"응."

유청청이 대수롭지 않게 대답했다.

도유강은 멍해져 버렸다.

"정말?"

"저길 봐."

유청청이 호운봉을 가리켰다.

호운봉은 지금 서 있는 천절봉과는 거의 백 장 너머에 있었고, 고도도 훨씬 높았다.

유청청이 합장하듯 두 손을 가슴에 모았다.

순간 백색 광채가 찬란히 일며 그녀를 에워쌌다.

그녀의 모습은 빛 안에서 흐릿한 검은 그림자로만 겨우 볼 수 있을 뿐이었다.

"백광천수!"

유청청이 크게 외치는 소리와 함께 백색 광망이 거대한 빛덩이가 되어 호운봉으로 벼락이 수평으로 내려치듯 날아갔다.

콰콰콰광······.

지진이 인 듯 항산 전체가 흔들리고, 밤임에도 호운봉 쪽에 흙먼지가 뿌옇게 이는 것을 볼 수 있었다.

이윽고 먼지가 서서히 가라앉고 시야가 확보되었다.

그 순간 도유강은 완전히 넋을 잃어버렸다.

호운봉은 반 토막이 나 있었다. 봉우리의 중턱 위쪽이 흔적 없이 사라져 버린 것이다.

이건 신의 영역, 신의 무공이었다.

그걸 유청청이 펼쳐 낸 것이다.

대단하다, 굉장하다는 말을 꺼내는 것 자체가 백광천수를 깎아내리는 짓이 될 것 같았다.

"여보세요, 정신 차리세요!"

유청청이 도유강의 초점 잃은 눈앞에 손을 왔다 갔다 했다.

"굉장해……."

진부한 표현이지만 다른 말을 찾지 못했다.

"이것이 기본 극렬순백장이야, 아니면 초법이야?"

"나만의 극렬순백장!"

초극렬순백장이란 말이었다.

"위력이 어느 정도 차이가 나는데?"

"음, 약… 백분의 일 정도."

"그렇구나. 유청청 너의 그릇과 자질이 이곳에 들어온 세 기재보다 백 배는 뛰어나다는 뜻인 거네."

"그렇지. 그렇기 때문에 그들 셋에게 초법을 전수해 깨닫게 하려 했다면 오십 년은 더 걸리고 말았을 거야. 그러니 내가 어떻게 전수해 줄 수 있었겠어. 안 그래?"

"오, 오십 년이라고?"

도유강이 머리를 쥐어뜯었다.

유청청이 바로 위로했다.

"자책하지 마. 넌 다를 거야. 좀 멍청한 구석이 있지만 천재 중의 천재거든. 너라면 아마도 십 년 이내에 가능할 거야. 그렇게 자책하지 마."

도유강이 머리를 마구 저었다.

"안 돼, 그런 말도 안 되는 일이. 십 년이 지나야 입맞춤을 할 수 있다니."

유청청이 쌍심지를 켜고 소리쳤다.

"걱정했잖아, 이 웅큼한 작자야!"

그날로부터 팔 일 동안 수련은 쉴 틈 없이 이어졌다.
우선은 극렬순백장의 초법이 아닌 기본 극렬순백장이었다.
동이 트기 전부터 자정 무렵까지 강도 높은 수련 속에서 도유강은 하루가 다르게 극렬순백장의 성취를 높여가 팔 일째가 되어서는 구성에 이르는 쾌거를 이루었다.
하루하루 고된 일과였다.
그럼에도 도유강은 어떤 피곤도 느끼지 못했다. 유청청에게 불만을 토로하지도 않았다. 그 이유는 하루 온종일, 즉 밤에도 유청청과 함께 보낼 수 있었기 때문이다.
그전에도 도유강은 유청청의 발을 씻겨주고, 그녀를 업고 산야를 누비기도 했으며, 물장난을 할 때면 서로 머리를 물속에 밀어넣기도 했다. 그러나 한곳에 나란히 누워 잠을 자는 것은 특별했다.
물론 그저 곁에 누운 것에 불과했다.
그래도 몇 번인가는 팔베개를 해주었고, 그건 이루 말로 하기 힘든 기쁨이었다.
팔 일째 밤, 자정이 다가올 무렵.
"대체 어딜 간 거야?"
동굴의 입구를 보며 도유강이 투덜거렸다.

유청청은 저녁 무렵부터 보이지 않고 있었다.

"다른 곳에서 자는 건가? 배신자 같으니."

그때였다.

"멍청이, 누굴 배신자라는 거야!"

유청청이 짐짓 화난 목소리로 말하며 동굴 안으로 들어섰다.

도유강도 엄한 표정을 지었다.

"야심한 밤에 처녀가 어딜 그리 쏘다니는 거야! 산도적 무리라도 만나면 어쩌려고."

"하하하!"

유청청이 웃음을 터뜨리고 옆에 앉았다.

"선물을 준비했어. 그동안 열심히 한 상이지. 그것도 세 가지나 준비했지 뭐야."

"와아, 기대되는걸. 근데 이제 고작 구성의 성취인데 선물씩이나 받아도 될까 모르겠네."

"자, 첫 번째 선물이야. 받아."

유청청이 손을 내밀었다.

도유강은 피식 웃고 말았다. 유청청이 건넨 것은 두 자루의 혼강이었다.

"혼강은 이제 필요없어. 은혼섬은 너무 복잡한데다 익혀야 할 의미 자체가 사라졌으니까. 그건 너 가져. 내가 선물로 줄게."

"가지라니. 이건 내 거야. 내가 빼앗았잖아."
"하하하, 그렇긴 하네. 네, 그럼 감사히 받겠습니다."
도유강이 혼강을 소매 속에 갈무리했다. 두 자루의 혼강은 보금자리로 돌아온 것이 기쁜 듯 소매 안쪽에서 빙빙 맴돌았다.
"두 번째 선물은?"
"반탄지결!"
이내 도유강은 고개를 푹 떨궜다.
반탄지결은 극렬순백장의 삼초식으로 이미 전수받은 것이었다. 게다가 선물이랍시고 당당히 반탄지결을 말하는 걸 보면 아무래도 심심한 모양이었다.
"선물들이 죄다 이상하잖아."
"바보 같긴. 원래 선물이란 예상치 못한 걸 받았을 때 기쁜 법이야. 잘 들어봐. 이건 지금까지의 반탄지결이 아니라 또 다른 묘용이야. 반탄지결을 역으로 운용하면 상대의 무공 수준을 가늠할 수 있어. 신기하지 않아?"
"내공이 아니고, 무공 수준?"
"물론이지. 자, 손을 줘봐."
도유강이 손을 내밀었다. 유청청이 그 위에 손을 얹었다.
부드럽고 따뜻한 감촉이다. 도유강은 자신도 모르게 미소를 머금었다.
유청청이 역반탄지결(逆反彈之結)의 이해를 돕고자 경락의 흐름을 외부로 드러냈다. 도유강은 어렵지 않게 그 이치를 깨달았다. 그런데 신기하게도 유청청이 올려놓은 손에서 어떤 기의 반응도 포착할 수 없었다.

유청청이 손을 거뒀다.

"다 끝난 거야?"

"응, 느꼈겠지만 측정당하는 상대는 전혀 느끼지 못해. 그러나 운용하는 입장에선 대상을 간파할 수 있어. 그 반응은 돌아오는 온도야. 상대가 강하면 한기가 스며들고, 약하면 온기를 느껴!"

"와아, 졌다, 졌어. 너 지금 나보다 강하다는 것을 과시하려는 거지. 좋아, 얼마나 강한지 한번 보자. 손 줘봐."

유청청이 웃으며 고개를 저었다.

"내게 사용하면 안 돼."

"왜?"

"지금 네 수준으로 짐작해 볼 때 네 팔은 부서져 버릴 거야. 재기 불능 상태가 될 정도로."

도유강은 고개를 끄덕일 수밖에 없었다.

이미 유청청은 역반탄지결로 자신을 파악했다. 사실일 것이다. 산봉우리 하나를 일장에 날려 버린 유청청이 아니던가.

그러자 곧 의문이 떠올랐다.

바깥세상으로 나간다면 모를까, 이곳에 있는 한 역반탄지결은 아무 쓸모도 없는 것이다.

극렬순백장

그때 유청청이 말했다.

"사실 난 네게 무공을 전수하지 않으려고 했었어."

"그랬어?"

의문을 뒤로하고 도유강이 반문했다.

"네가 마교 교주가 될지도 모르는 일이니까. 그런데 어느 때부터인지 상관없다는 생각이 들었어. 어쩌면 이제껏 한 번도 본 적 없는 마교 교주가 탄생할 수도 있겠다 싶었거든."

"대체 무슨 소릴 하는 거야?"

도유강은 불안했다. 유청청의 의도는 명백했다. 바깥세상으로 보내려고 하는 것이다. 혼강을 돌려주고, 역반탄지결로 풍천의 무공 수위를 짐작할 수 있도록 했다. 바깥으로 나간다는 상황이라면 이는 선물이었다. 이별의 선물.

유청청이 말했다.

어느새 그녀의 눈에는 눈물이 맺혀 있었다.

"나… 이제 그만두려구. 이곳에서 천 년을 보냈어. 아마도 널 만나기 위해 그동안 천 년의 세월을 보냈었나 봐."

도유강이 유청청의 어깨를 붙들었다.

"누구 맘대로 그만둬. 난 여기에서 살 거야. 너와 함께 영원히 이곳에서 살 거라고."

"너는 더 이상 이곳에 머무를 수 없어. 처음부터 기간은 정해져 있었어. 정확히 백팔 일. 그리고 오늘이 백팔 일째야."

유청청이 하염없이 눈물을 흘렸다.

도유강은 망치로 얻어맞은 듯한 충격에 빠졌다.

"말도 안 돼…… 이럴 순 없어……."

"넌 가야 해."

도유강이 고개를 저었다. 유청청을 붙들고 마구 흔들었다.

"거짓말이지? 거짓말이라고 말해. 농담이었다고 말하란 말이야. 아니야, 방법이 있을 거야. 넌 뭐든지 할 수 있잖아. 바꾸면 되잖아!"

유청청이 고개를 저으며 웃었다.

그러나 눈물은 멈추지 않았다.

도유강은 온 천지가 무너지는 것 같았다.

"좋아, 그럼 내가 밖으로 나가서 방법을 찾아볼게. 마교라면 분명히 어떤 방법이 있을 거야. 백팔 일이 되면 나가야 한다면 백팔 일마다 다시 돌아오면 그만이잖아."

"오직 한 번뿐이야. 삼라만상의 조화에 빈틈은 없어. 하하하, 우습지? 마인들의 침범을 막으려고 온갖 신묘한 진법의 묘용을 부렸는데 정작 내가 사랑하게 된 건 멍청한 마교 소교주라니 말이야."

도유강이 와락 끌어안았다. 유청청도 두 팔을 감아왔다.

"이럴 순 없어. 이건 꿈이야. 내일이면 또 함께 눈을 뜰 수 있을 거야."

"와줘서 고마워. 내 천 년의 삶에서 가장 행복한 시간이었어. 네가 떠난 뒤엔 나도 떠날 거야. 너 없이 혼자 남을 자신

극렬순백장

이 없어."

도유강은 끌어안은 채로 흐느꼈다.

꿈을 이루었다고 생각했다. 이곳엔 유청청밖에 없었지만 그녀만 있으면 다른 건 필요가 없었다. 사랑한다는 말도, 서로 사랑조차 속삭이지 못했다. 이대로 영원히 함께할 것을 믿어 의심치 않았기에 여유있게 생각하고 있었다. 언젠가는 하늘을 증인 삼아 혼약을 하고, 둘 사이에서 사랑스러운 자녀를 볼 수 있을 것이라고 혼자 즐거운 상상을 하기도 했었다.

그런데 그 모든 것이 산산이 부서져 내리고 있었다.

유청청이 살짝 몸을 떼고 올려다봤다.

눈물 속에서 눈이 반짝였다.

도유강이 유청청의 입에 입술을 맞췄다. 솜처럼 부드럽고, 세상 그 무엇보다 달콤한 입술이었다.

유청청도 두 팔을 목에 두르며 입술을 열었다.

부디, 부디……

이 시간이 영원하길…….

第七章
천하무적

전전
증증
마교교주

쏴아아아.

온 세상이 새하얗게 번졌다.
그리고 순식간에 주변 경관이 돌변했다.
비동이었다.
도유강은 그림 족자를 붙들었다.
"청청!"
청청은 그림 속에서 바위 위에 앉아 있었다.
그 순간 족자가 모래알처럼 터졌다.
수천 조각의 파편은 이내 노랗고 흰 나비가 되어 팔랑이며 주변을 맴돌았다. 그러나 그것도 잠시, 이윽고 나비들은 빛가루를 뿌리며 서서히 사라져 갔다.

꿈같던 시간이, 꿈같던 사랑이 꿈처럼 사라졌다.

"흑흑흑……."

도유강의 울음소리가 고요한 비동에 울려 퍼졌다.

　　　　*　　　*　　　*

도유강은 창밖만 촛점없이 응시하고 있었다.

풍천이 말했다.

"주군, 돌아오신 지 벌써 이틀째입니다. 간단히 뭐라도 드셔야 옥체가 상하지 않습니다."

풍천의 두 손은 죽 그릇을 받쳐 들고 있었다.

도유강은 대답하지 않았다.

"주군, 하루 동안 무슨 일을 겪으셨는지요?"

풍천이 다시 물었다.

그림 속 항산에서 보낸 백팔 일간은 풍천의 말대로 하루에 불과했다. 그건 마치 그 시간이 꿈이라고 말하는 것 같았다.

그건 꿈이 아니었다.

그 세계는 영원히 잊지 못할 그리움이었다.

그렇기에 돌아온 뒤로 이틀이 지났지만 잠도 잘 수 없고, 아무것도 먹을 수 없었다.

안 되겠다 싶었는지 풍천이 그릇을 탁자에 내려놓았다.

"주군, 음식을 놓고 가겠습니다. 필요한 것이 있으시면 불러주십시오."

풍천이 나간 뒤에도 도유강은 창밖만 바라봤다.

다시 숨막히는 현실이다.

이곳은 항산이 아닌 동정호 용왕채였고, 곁을 지키는 건 유청청이 아니라 풍천이다. 푸르른 산야 대신 검과 칼의 강호가 주변을 에워싸고 있었다. 또 언젠가는 암살자들의 살기 어린 칼날 아래도 놓일 것이다.

"지겨워……."

도유강이 나직이 중얼거렸다.

분노가 부글부글 끓어올랐다.

"지겹단 말이다!"

퍽!

주먹을 날려 창문을 부숴 버렸다.

소리를 듣고 풍천이 들이닥쳤다.

"주군!"

도유강이 탁자로 걸어가 죽 그릇을 벽에 던져 버렸다.

와장창!

죽이 벽을 타고 흐느적대며 흘러내렸다.

풍천이 벽을 보고, 다시 도유강을 바라봤다.

도유강은 크게 숨을 몰아쉬었다.

'좋다. 한번 승부를 걸어보자. 너를 꺾고 나는 숨막히는 현실을 벗어나고 말겠다.'

그러나 그전에 해야 할 일이 있었다.

유청청이 준 두 번째 선물인 역반탄지결!

도대체 풍천이 어느 정도의 고수인지 그 수준을 파악하고, 그에 따라 어떤 무공을 어떻게 구사할 것인지 판단할 필요가 있었다.

도유강이 한 걸음 딛고 풍천의 어깨 위에 오른손을 짚었다.

약한 상대는 온기, 강한 상대는 한기를 느끼게 된다.

즉시 삼초식 반탄지결을 역으로 운용했다.

그때였다.

뼈까지 시릴 만큼의 한기가 손바닥에서부터 팔목까지 순식간에 치고 올라왔다.

"헉!"

도유강이 펄쩍 뛰어 물러났다.

"말도 안 돼! 이 정도였단 말인가……."

승부는 취소다. 몸까지 덜덜 떨려왔다. 부정하고 싶은, 탈출하고 싶은 이 세계는 결코 만만치 않았다.

"주군, 왜 그러십니까?"

"아, 아니다… 나가봐라."

"주군, 아무래도 이상합니다. 듣는 귀가 많으니 주위를 기막(氣膜)으로 두르겠습니다."

소리를 차단한 풍천이 팔짱을 끼었다.

분위기가 한순간 달라졌다. 더 이상 충성스러운 심복의 기세가 아니었다.

풍천이 입을 열었다.

"주군, 저는 지존의 길을 위해 만들어졌습니다. 아수라천마님께서는 지존의 길을 위해서라면 무슨 일이라도 가능하다고 말씀을 주셨고, 거기엔 폭력 행사까지 포함되어 있습니다."

"네, 네가 감히……."

"지존의 길은 주군을 위한 길입니다. 폭력으로 가능하다면 전 행사할 준비가 되어 있습니다. 주군께서 두 번째 안배를 성취하셨다는 것을 알고 있습니다. 두 번째 안배에서 무슨 일을 겪으셨는지는 묻지 않겠습니다. 중요한 건 주군의 심기가 허약해지셨다는 것입니다. 얼마 전 백룡부주를 가리키시며 제게 '죽여라!' 고 명령하시던 그 잔혹한 주군은 어디로 가신 것입니까!"

풍천이 한걸음 다가왔다.

도유강은 맞을까 봐 몸을 움찔했다.

"주군, 두 가지 중 선택을 하십시오. 한 시진을 맞으실 것인지, 한 시진을 박으실 것인지. 오해 마십시오. 지금 이 순간은 아수라천마님의 지존의 길이 진행 중입니다."

도유강이 어깨를 펴고, 눈에 불을 켰다.

아버지가 심지어 폭력 행사까지 허락하셨는지는 몰랐다.
거짓말은 아닐 것이다. 풍천은 아버지가 자결하라면 그 자리에서 즉시 자결을 감행할 놈이었다.
그래도 이건 해도 해도 너무했다.
폭력 행사라니.
"나는……."
풍천이 흔들림없이 눈빛을 받았다.
도유강이 말했다.
"…박겠다."
바닥에 머리를 박고 뒷짐을 졌다.
어쩔 수 없다. 맞고 나서도 또 머리를 박게 될 것은 불을 보듯 뻔한 일이었다.
백팔 일로 제한된 아름다운 세상은 완전히 박살 났다.
지겨운 현실이 다시 모습을 드러낸 것이다.
"주군, 역시나 현명하십니다. 자, 그럼 선창에 따라 큰 소리로 두 번 복창해 주십시오. 나의 꿈은 천하제패다!"
도유강은 서러움이 복받쳤다.
또다시 꿈을 강요당하고 있다.
"주군, 역시 폭력 행사가……."
"나의 꿈은 천하제패다! 나의 꿈은 천하제패다!"
도유강이 서둘러 말했다.
"목소리가 작습니다."

"나의 꿈은 천하제패다! 나의 꿈은 천하제패다!"

"좋습니다. 그다음입니다. 망상에 현혹되지 않는다."

"망상에 현혹되지 않는다. 망상에 현혹되지 않는다."

"훌륭하십니다. 망상은 정신을 피폐하게 할 뿐입니다. 자, 그다음입니다. 풍천, 놈을 죽여라!"

"풍천, 저놈을 죽여라! 풍천, 저놈을 죽여라!"

"나는 천하무적이다."

"나는 천하무적이다. 나는 천하무적이다! 나는 천하무적이다! 망할, 나는 반드시 천하무적이 되고 말 것이다!"

짝짝짝!

풍천이 박수를 날렸다.

"주군, 바로 그 마음가짐입니다. 나는 천하무적이다만 백 번 정도 외치도록 하겠습니다."

"나는 천하무적이다! 나는 천하무적이다! 나는 천하무적이다! 무슨 일이 있어도 천하무적이 되고 말 것이다. 나는 천하무적이다······."

그냥 하는 말이 아니었다.

도유강은 진심으로 다짐했다.

반드시 무슨 일이 있어도 천하무적이 되고 만다.

풍천 네놈 때문이라도 천하무적이 되고 말겠다. 네놈을 처참하게 깔아뭉개 버리겠다.

그리고 난 해남도로 갈 것이다.

진정한 내 꿈을 위해!
"나는 천하무적이다!"

악에 받쳤다는 말이 무슨 뜻인지 도유강은 이해했다.
아침이 될 때까지도 분노는 좀처럼 가시지 않았다. 밤새 천하무적이 되고 말겠다고 다짐에 다짐을 더했다.
아침 식사를 마치자마자 도유강은 동정용왕을 불렀다.
"부르셨습니까?"
동정용왕이 머리를 조아렸다.
도유강이 풍천을 향해 말했다.
"풍천, 동정용왕과 따로 나눌 이야기가 있다. 나가봐라."
"존명!"
풍천이 나가는 것을 보고 동정용왕에게 손짓했다.
"가까이 오라."
동정용왕이 세 걸음 앞으로 다가왔다.
"더 가까이!"
동정용왕이 반걸음 앞에 멈췄다.
"손을 내밀어라."
"네?"
도유강이 인상을 찡그렸다.
"손을 내밀란 말이다!"
"네."

동정용왕이 경계하는 눈빛으로 슬며시 손을 내밀었다.
도유강은 그 손을 뚫어지라 응시했다.
천하무적이 되기 위해선 우선 스스로의 무공 수위가 어느 정도인지 파악하는 것이 급선무였다.
어제 풍천에게 역반탄지결을 운용했을 때 돌아온 반응은 놀라운 것이었지만 희망도 담겨 있었다.
유청청은 자신에게 역반탄지결을 펼치면 팔이 재기 불능에 빠질 것이라고 했었다. 그러나 풍천에겐 뼈가 시릴 정도의 한기에서 그쳤다. 그건 유청청과 풍천 사이에도 제법 큰 간극이 있다는 뜻이었다.
언젠가 초극렬순백장을 완성한다면 풍천을 뛰어넘을 수 있다는 뜻이기도 했다.
그리고 지금으로선 눈앞의 동정용왕 정도는 가볍게 누를 수 있는 무위여야 했다. 어느덧 두 번째 안배까지 성취하지 않았는가.
반응은 뜨거워야 한다, 활활 타오를 정도로.
"아니, 심장이 뜨거워질 정도여야 해."
도유강이 중얼거리고 손을 얹었다.
'역반탄지결!'
느껴진다. 기운이 돌아오고 있다.
순간, 도유강이 튕기듯 의자에서 몸을 일으켰다.
"안 돼!"

"왜, 왜 그러시는지요?"

동정용왕이 얼떨떨하게 물었다.

도유강은 고개를 마구 젓고, 머리를 감싸 쥐었다.

"안 돼! 이럴 순 없어. 뜨겁지도, 차갑지도 않아. 고작 미지근하다니. 이럴 순 없는 거야! 그래, 잘못됐을 거야."

도유강이 다시 동정용왕의 손을 덥석 잡았다.

그러나 달라진 것은 없었다. 약간의 온기가 돌아왔다. 이는 곧 동정용왕을 겨우 상회하는 수준이라는 뜻이었다.

풍천과 동정용왕 사이엔 현격한 격차가 존재했다.

이것은 절망이었다. 끝을 알 수 없는 막막함이었다.

도대체 언제까지 질질 끌려 다녀야 한단 말인가.

"흐흐흐, 고작… 이 정도였나……."

너무 기가 막혀 허탈한 웃음밖에 나오지 않았다.

한편 동정용왕은 손을 붙잡힌 채로 마른침만 꼴깍거렸다.

경험상 징조가 불길했다.

이 기세는 의자로 찍어버릴 때와 비슷했다.

'염병할, 이 새끼가 또 미쳐 가는구나. 망할 놈의 새끼야, 제발 작작 좀 해라.'

개방도들을 갱생시키라는 기상천외한 명을 내린 놈이 이제 또 다르게 미쳐 가고 있었다.

하루 동안 풍천과 함께 사라졌다가 나타나더니 그 후 이틀간 혼자 세상의 고독은 다 짊어진 듯 식사까지 거르고 고민에 잠겨 있었다.

그리곤 오늘 손을 내밀라고 하더니 혼잣말을 하고 있는 것이다. 미쳐도 곱게 미쳤으면 싶은데 아무래도 불길한 기운이 스멀스멀 피어났다.

"하하하하!"

도유강이 돌연 큰 웃음을 터뜨리더니 우장을 쭉 뻗었다.

경력이 한 점, 동정용왕의 명치로 일직선으로 파고들었다. 능풍천절의 점의 결이었다.

파앙!

"허억!"

동정용왕이 절기인 수류격장을 펼쳐 장력을 맞받아치고 뒤로 주르르 물러섰다.

"제게 왜 이러십니까?"

설마설마 했는데 살수를 쓸 줄은 꿈에도 몰랐다.

동정용왕은 더럽고 추접해서 울고 싶을 지경이었다. 대접엔 소홀함이 없었고, 하라는 것은 온 힘을 다해 실천에 옮겼거늘 돌아온 것은 살격이었다.

혹시나 하고 대비하고 있지 않았다면 즉사했을지도 모를 일이었다. 급히 펼쳐 마주한 오른팔이 시큰거릴 정도로 장력의 힘이 막강했다.

"하하하하하!"

도유강이 다시 크게 웃었다.

화통함이 아닌 짓눌린 웃음이었다. 웃음의 끝에 도유강이 동정용왕을 향해 신형을 날렸다.

능풍천절과 만향건곤, 반형쇄혼을 연달아 퍼부었다.

동정용왕은 머리가 어떻게 돼버릴 것 같았다.

'이 망할 놈이 미치려면 곱게 미칠 것이지.'

더 당황스러운 것은 풍천이 아니라면 보잘것없을 것이라고 생각했던 유강이 자신과 거의 대등하거나 살짝 우위를 점할 듯한 무공 수준을 드러냈기 때문이었다.

파앙, 파앙!

동정용왕은 공세를 막아내기에 급급했다.

가끔 반격의 실마리를 잡긴 했으나 후환이 두려워 엄두가 나지 않았다.

"천하무적! 천하무적! 천하무적은 도대체 무엇이냐! 그 길은 어디냐! 으아아아악!"

도유강이 장력을 날리며 괴성을 내질렀다.

그럴수록 동정용왕은 식은땀만 더욱 쏟아낼 따름이었다.

'이 새끼야, 도대체 뭐라고 지껄이는 거냐!'

동정용왕이 쌍장을 펼쳐 밀어내고 뒤로 훌쩍 뛰었다.

"주군, 이유라도 듣고 싶······."

동정용왕의 말은 더 이어지지 못했다.

쾅!

문짝이 박살 나며, 풍천이 동정용왕을 향해 쏘아져 나갔다.

우장의 다섯 손가락과 손바닥이 온통 붉은 화광으로 활활 타오르고 있었다.
"으걱!"
동정용왕이 기겁해 뇌려타곤으로 굴러 피했다.
쿠구궁!
방금 전까지 동정용왕이 서 있던 뒤쪽 벽면이 통째로 날아가 버렸다. 그러나 다시금 풍천은 신형을 선회해 동정용왕을 향해 짓쳐들었다.
동정용왕이 구른 몸을 일으키기도 전이었다.
"사, 살려주십시오!"
"풍천, 멈춰라!"
동정용왕의 비명과 도유강의 목소리가 동시에 터졌다.
풍천이 동작을 멈췄다.
붉게 타오르는 오른손이 동정용왕의 안면 위에 놓여 있는 일촉즉발의 순간이었다.
"주군, 직접 처리하시겠습니까? 잠시 주변을 둘러보는 사이에 설마 이 하찮은 놈이 주군을 해하려 할 줄은 몰랐습니다. 더군다나 감히 주군 앞에서 '천하무적'이라고 말을 했다니, 제 귀로 듣고도 믿을 수가 없습니다."
"네에? 제가요?"
동정용왕이 볼멘 소리를 냈다.
도유강이 풍천을 향해 전음을 날렸다.

[그건 동정용왕이 한 말이 아니다. 난 두 번째 안배를 취하였음에도 천하무적에는 한참 미치지 못한 것이 분해 그를 공격한 것뿐이다. 손을 놓아라.]

[존명!]

풍천이 불의 기운을 거두고 동정용왕을 향해 말했다.

"동정용왕, 네놈이 겁도 없이 주군 앞에서 천하무적이라고 떠들다니, 그 죄는 하늘과 땅처럼 크다. 다만 주군께서 이번 한 번은 특별히 아량을 베푸셨으니 주군께 감사드려라."

동정용왕이 울상을 지었다.

"네에? 저는 한마디도……."

"닥쳐라. 이제 와서 시치미를 떼겠다는 것이냐!"

'이 미친………'

동정용왕은 정말이지 어디 가서 혼자 펑펑 울고 싶어졌다. 이것들은 사람도 아니었다.

"아닙니다."

동정용왕이 바로 무릎을 꿇고 이마를 찧어댔다.

"제가 주군 앞에서 천하무적이라고 망발을 하고 말았습니다. 주군의 자비로움에 감사드리며, 이 은혜는 평생 잊지 않겠습니다."

도유강이 손을 휘저었다.

미안한 마음에 동정용왕의 눈을 바라볼 수도 없었다. 한순간의 울화를 참지 못하고 괜히 동정용왕에게 폐만 끼치고 만 것이다.

동정용왕이 나가자 풍천이 머리를 조아리며 말했다.

"주군, 천하무적에 대한 열망으로 가득 찬 모습에 소인은 기쁘기 그지없습니다. 그러나 주군, 이제 겨우 두 번째 안배를 얻으신 것에 불과합니다. 조만간 천하무적이라는 호칭은 주군을 칭하는 말이 될 것입니다."

도유강이 천천히 고개를 끄덕이고 속으로 중얼거렸다.

'그래야 한다, 반드시……. 벗어날 방법이 없다면, 오직 그 길뿐이라면 난 반드시 천하무적이 되겠다. 그때 네놈은 각오해 두는 것이 좋을 것이다.'

*   *   *

동정용왕은 곧바로 녹림왕을 찾아갔다.

"무슨 일인데 눈에 살기가 가득한 거냐?"

녹림왕이 물었다.

그는 여장을 하고 있었고, 그의 곁에는 손약란, 은염교, 공추상이 빙 둘러 술자리를 갖고 있었다. 해가 뜨면 밖으로 나갈 수 없는 운명인지라 틀어박혀 술로 시간을 때우는 것이 하루 일과였다.

"아저씨, 또 맞았구나?"

손약란이 까르르 웃으며 염장을 질렀다.

동정용왕이 녹림왕의 술병을 낚아채 나발을 불었다.
"젠장, 살다 살다 오늘처럼 황당한 일은 처음이다."
"무슨 일인데?"
녹림왕이 물었다.
"갑자기 유강이 부르더라. 그래서 갔지."
"안 갈 수 없지."
녹림왕이 운을 맞췄다.
"갑자기 손을 내밀라는 거야."
"손을 내밀었겠지."
녹림왕이 또 운을 맞추고, 손약란이 들릴 듯 말 듯 '강아지 놀이인가?'라고 중얼거렸다.

동정용왕이 노려보자, 손약란은 천장을 보며 휘파람 부는 시늉을 했다.

"휴우……"

쥐어팰 수도 없어 한숨만 내쉰 동정용왕이 울분을 담아 겪은 일을 이야기했다. 이야기가 끝났을 때 동정용왕의 얼굴은 시뻘겋게 달아올라 있었다.

좌중은 깊은 침묵에 빠졌다.

녹림왕은 황토로 빚은 인형처럼 굳어버렸고, 농담을 실실 대던 손약란도 얼굴이 시체처럼 변했다. 은염교와 공추상도 더 이상 산 사람의 얼굴은 아니었다.

"허허허허……"

녹림왕이 너털웃음을 터뜨렸다.

여유있는 척 술병을 들었다.

덜덜덜덜…….

마음을 속이는 데 실패해 술병이 마구 흔들렸다.

"아무래도……."

녹림왕이 입을 열자 모두 녹림왕을 바라봤다.

"줄을 잘 못 선 것 같다. 재앙을 피할 우산이 아니라, 그냥 미친놈들이었다. 정신 상태가 이쯤 되면 차라리 녹림토벌대가 낫다. 그놈들은 최소한 이성은 갖고 있지 않느냐. 더 함께 다니다간…… 홧김에 살해되고 만다."

손약란도 동의하고 나섰다.

"아버지 말이 맞아. 장강수로채에 온 것도 순전히 취미 생활 이상도 이하도 아니야. 자맥질을 배우려면 최고에게 배워야 한다고 온 것일 거야. 그냥 미친놈들이었어."

"총채주님과 아가씨 말씀이 전적으로 옳습니다. 개방도들을 잡아다 씻기라고 했을 때부터 더 이상 구제불능의 미친 상태에 이르렀을 겁니다. 세상 어떤 작자가 개방도들에게 저축을 안 하냐고, 일자리를 알아보지 않느냐고 타박할 수 있단 말입니까?"

"그렇습니다. 이쯤에서 완전히 결별해야 합니다."

은염교와 공추상까지 차례로 동조했다.

그때였다.

인기척이 들려 바라보니 초수태공이었다.

초수태공이 동정용왕과 녹림왕을 향해 차례로 머리를 조아린 후 말했다.

"기쁜 소식이 있습니다."

동정용왕이 미간을 좁혔다.

"어지간히 기쁜 소식이 아니면 각오해라. 뭐냐?"

초수태공이 망설임없이 대답했다.

"유강과 풍천이 정오에 떠나겠다고 했습니다."

"뭐라고? 정말이냐?"

동정용왕이 펄쩍 뛰어올랐다.

"제가 직접 들었습니다. 쾌속선을 준비하라고 했습니다."

"하하하하하! 이리 기쁠 수가! 불운도 이제 다한 모양이로구나. 장강에 하늘의 찬란한 빛이 내림이야."

동정용왕이 호탕하게 웃으며 녹림왕을 향해 말했다.

"손무, 너는 조용해질 때까지 용왕채에 머물러 있어라. 한 일 년 정도면 토벌대도 잠잠해질 테니."

녹림왕도 웃으며 고개를 끄덕였다.

"하하하하, 그럴 생각이었다. 내 미치지 않고서야 그 인간들을 다시 따라가겠느냐!"

손약란이 술병을 높이 쳐들었다.

"우리 건배해요! 거기 초수태공 아저씨도 이리 오세요."

"축배다, 축배!"

모두들 들뜬 표정으로 술병을 들어 올렸다.
손약란이 크게 외쳤다.
"자, 그럼 건배는 '주군께 영광을'로 하겠어요."
"헛소리!"
녹림왕이 바로 타박을 주고 말했다.
"'미친 주군께 영광을'로 하자."
그 말에 모두들 일제히 웃음을 터뜨렸다.
웃음의 끝에 동정용왕이 말했다.
"미친 주군이라니, 너무 단순무식해 보이잖느냐. 모두들 강호인답게 머리를 굴려 그럴싸한 별호라도 지어보란 말이다."
"악마현신(惡魔現身)은 어떻습니까?"
초수태공이 말했다.
손약란이 다음을 이었다.
"잘생겼으니까 옥면마왕(玉面魔王)은 어때요?"
"아가씨, 악마공자(惡魔公子)가 좋지 않습니까?"
"은염교, 이 새끼야, 너 지금 내 말 무시하냐? 일단 잘생겼잖아."
"아가씨, 그건 너무 사적인 감정이 들어 있는……."
"닥치지 못해."
"모두 조용히 해라. 좋은 기분을 망칠 셈이냐!"
분위기가 험악해지려 하자 녹림왕이 나섰다.

동정용왕이 바로 짐을 떠넘겼다.
"그럼 손무, 네가 말해봐라."
녹림왕이 지그시 눈을 감았다가 뜨더니 말했다.
"광혼마제(狂魂魔帝)!"
"오오오!"
모두의 입모양이 똑같아졌다.
손약란이 술병을 격하게 들어 올렸다.
"좋아요, 결정. 제가 선창하겠어요. 광혼마제여, 영원하라!"
"광혼마제여, 영원하라!"
일제히 한 목소리로 외치며 술병을 부딪쳤다.
술병째로 벌컥거리며 마시는데 그 어느 때보다 술맛이 시원하고 달았다.
그때였다.
쿵!
문이 열리며 문 앞에 한 사람이 나타났다.
동정용왕과 초수태공, 녹림왕과 손약란, 은염교, 공추상은 일제히 얼음이 되어버렸다.
풍천이었다. 턱을 살짝 치켜들고 무심한 시선으로 바라보고 있었다. 무슨 이야기를 지껄이고 있었는지 모두 들었다는 분위기가 풀풀 풍겨났다.
모두의 머리로 한 문장이 떠올랐다.
표현은 달랐지만 뜻은 동일한 문장이었다.

'죽었다!'

'죽어버려!'

'씨발……'

풍천이 입을 열었다.

"광혼마제라… 누구 생각이냐?"

모두들 한 동작으로 녹림왕을 외면했다.

멀쩡하게 서 있는 건 녹림왕뿐이었다.

녹림왕이 침을 꿀꺽 삼켰다.

"저, 저기……."

풍천이 녹림왕을 향해 뚜벅뚜벅 걸어갔다.

녹림왕을 제외한 모두가 슬금슬금 물러났다.

풍천이 두 손으로 녹림왕의 머리를 붙잡았다. 기세로 봐서는 반 바퀴가 아니라, 한 바퀴를 돌려 버릴 분위기였다. 한 바퀴면 머리는 원래 자리로 돌아온다. 그건 죽음이었다.

녹림왕이 부들부들 떨며 눈물을 쏟았다.

"사, 살려……."

공포에 질려 살려달라는 말도 다 못했다.

풍천이 녹림왕의 머리를 탁탁 쳤다. 이어 엄지손가락을 치켜세웠다.

"최고다!"

"네에?"

녹림왕이 눈을 부릅떴다.

풍천이 들뜬 음성으로 말했다.

"난 진작부터 네놈이 통찰력이 있다는 것을 알고 있었다. 광혼마제라, 광혼마제… 너무도 훌륭하다. 지존으로서의 권위가 흐르고, 섬뜩하면서도 박력까지 넘쳐 난다. 주군의 칭호로 부족함이 없다. 놀라워."

모두의 입이 소리없이 쩍 벌어졌다.

'통찰력?'

'서, 설마 칭찬인 거냐?'

'섬뜩하면서도 박력이 넘친다고?'

'이 새끼 뭐지… 무서워…….'

'이 미친놈아, 이런 걸로 감동하지 마.'

죽음의 골짜기를 건넌 녹림왕은 웃음을 지으려고 발악했다. 너무 놀라 근육이 경직된 상태라 부들부들 경련이 일었다.

풍천이 녹림왕의 뺨을 두드려 주고 빈자리에 앉았다.

"모두들 장하다. 네놈들이 주군의 성호를 고민하며 찬양하고 있을 줄은 몰랐다. 역시 눈앞에서만 알랑거리는 놈들과는 다르군. 물론 이 모든 것이 주군의 높은 영도력 탓이겠지만."

그러면서 작게 혼잣말로 '광혼마제라… 역대 지존들과도 겹치지 않아. 최고야' 라고 중얼거렸다.

모두들 역대 지존이 무슨 뜻인지 호기심이 치솟았다. 그러나 그 어느 누구도 질문을 던질 만큼 간이 부어 있는 사람은 없었다.

동정용왕이 입을 열었다.

"오늘 정오에 떠나신다고 들었습니다. 어찌 이리 급히 떠나시는지요?"

마음에 없는 소리라고는 믿을 수 없을 만큼 격정적이었다.

손약란이 뒤이어 바로 무릎을 꿇고 흐느꼈다.

"흑흑흑… 또 어느 곳으로 정처없이 길을 떠나시나요? 부디 어디를 가시더라도 저희를 내치지 말아주세요."

녹림왕 등도 바로 눈치를 챘다.

풍천의 사고방식은 정상인과는 반대다.

달라붙어야 한다. 성가시게 해야 했다. 귀찮은 파리 같은 존재감으로 부각되어야 했다.

"저희는 어느 곳이라도 따를 준비가 되어 있습니다!"

"땅끝까지라도 주군을 모시겠습니다!"

"지옥 끝까지 주군을 모시겠습니다!"

녹림왕에 이어 공추상과 은염교가 피를 토하듯 말했다.

순간 풍천이 은염교를 발길로 날려 버렸다.

퍼억!

"끄어억!"

은염교가 반대편으로 날아가 벽에 부딪쳤다가 떨어졌다.

"네놈이 감히 주군을 지옥으로 보낼 참이냐!"

"죄, 죄송합니다."

은염교가 벌레처럼 몸을 비틀며 간신히 대답했다.

풍천이 고개를 절레절레 저었다.
"꼴도 보기 싫은 놈들이 귀찮기까지 하군."
녹림왕 등이 더욱 귀찮게 큰 소리로 흐느꼈다.
풍천이 말을 이었다.
"어쩔 수 없군. 죽은 사람의 소원도 들어준다는데 산 사람의 소원 정도는 들어주어야겠지."
흐느낌이 뚝 그쳤다.
깊은 정적이 방 안을 채웠다.
숨소리조차 들리지 않았다.
상관없는 동정용왕도 완전히 굳어버렸다.
풍천은 이래선 안 되는 인간이었다. 이렇게 상식적인 발언은 다른 사람의 몫이어야 했다.
뚝, 뚝, 뚝…….
정적을 뚫고 눈물이 바닥을 찍었다. 거짓으로 흘리던 눈물이 진짜로 흘러나오기 시작했다.
풍천이 고개를 끄덕였다.
"감격스럽나 보군. 원래 사람이 감격이 지나치면 소리없이 눈물만 흘리는 법이지. 주군과 함께하는 건 곧 낙원! 너희의 기쁨이 절절히 느껴지는구나."
이내 눈물의 굵기가 더욱 굵어졌다.
풍천이 동정용왕을 향해 시선을 던졌다.
"동정용왕!"

"하명하십시오."

"너를 믿어도 되겠느냐?"

"물론입니다."

"좋다. 네게 임무를 부여한다. 주군을 암살하려던 세력을 알아냈다. 그들은 살수 집단으로 유령곡이라 한다. 너는 한시도 머뭇거리지 말고 유령곡을 말살한다."

동정용왕은 뇌가 녹아버릴 것 같았다.

해도 해도 너무했다. 백룡부에 이어 개방, 개방에 이어 이젠 유령곡이라니.

벌어진 일로 할 일은 태산이었다. 앞으로 일어날 일이 어떻게 될지 예측 불허였다.

백룡부가 문제가 아니었다. 백룡부가 사라진 지금, 강북 옛 터전을 찾는 것도 중요했지만 그보다 더 시급한 것은 개방이었다.

닥치는 대로 개방도들을 잡아 씻겨 버렸다. 이제 곧 개방의 수뇌부가 들이닥칠 때가 된 것이다. 그런 상황에서 장강을 버려두고 떠날 수 없는 것이다.

"송구스럽습니다만 주군의 지엄하신 명령은 개방도들을 갱생시키는 것이 아니셨는지요?"

"쯧쯧쯧. 이렇게 미련할 수가……."

풍천이 혀를 찼다.

동정용왕이 멍하니 올려다봤다.

풍천이 말을 이었다.

"개방은 원래 거지들의 집단이다. 갱생이라니, 그게 말이 되는 소리냐!"

"주군께선… 더, 더럽다고… 왜 일을 안 하냐고……."

동정용왕은 피가 모조리 빠져나가는 것 같았다.

풍천이 엄하게 말했다.

"무엄하다. 네놈은 주군을 그리 단순한 존재라고 생각했단 말이냐! 주군께선 단지 장강수로채의 충성심을 시험해 보시려는 의도로 그리 명하신 것뿐이다. 상식적으로 생각해라. 개방의 거지새끼들이 어떻게 직업을 가지고 저축을 할 수 있겠느냐!"

휘이이잉…….

동정용왕은 넋이 나가 버렸다.

녹림왕 등도 마찬가지였다.

도대체 언제부터 그렇게 상식적이었단 말인가. 분명히 목에 핏대까지 세우며 호통을 쳤던 것이 기억에 생생하다. 인간으로 태어났으면 이러면 안 되는 것이었다.

동정용왕은 안쪽으로 입술을 깨물고 다시 정신을 추슬렀다.

이대로 물러날 순 없었다.

"그 뜻은 비로소 이해하였습니다. 그러나 유령곡은 주군의 안위를 해하려는 자들입니다. 미천한 제가 어찌 주군의 복수를 대신할 수 있겠습니까? 이 일은 막중하기가 그 무엇과도 비교할 수 없는 일이니만큼 주군과 풍천님께서 직접 손을 쓰심이 마땅하다는 것이 소인의 생각입니다."

"네 말이 옳다."

동정용왕이 예상 밖의 대답에 눈을 동그랗게 떴다.

"하나……."

"……?"

동정용왕의 심장이 다시 덜컥 내려앉았다.

"주군께서 가시는 길은 위대한 길이다. 그 길을 멈출 순 없다. 그에 비하자면 유령곡 따위는 불나방에 불과할 뿐. 또한 진실로 대적해야 할 자들은 유령곡과 비교할 수 없다. 너는 그저 성가신 무리들을 정리한다고 생각하면 된다."

"소인이 장강수로채를 비운다면……."

"구양수가 대신하면 된다. 네 아들을 믿어라."

아들을 인정한 건 고맙다. 그러나 복수를 떠넘기고, 취미 생활을 위해 강호를 유람하는 것은 도저히 이해할 수 없었다. 위대한 길이라는 것이 위대한 취미일 경우엔 말이다.

"주군께서 가시는 위대한 길은 무엇입니까?"

동정용왕은 최대한 공손한 말투를 내려고 노력했다.

녹림총채 오태산에서 특급 숙수를 잡아다 고급 요리를 대접받고, 장강수로채에서는 자맥질을 배우는 고급 취미 생활이 어떻게 위대한 길이냐고 소리치고 싶은 마음을 간신히 억눌렀다.

"고개를 들어라."

풍천이 나직이 말했다.

동정용왕이 머리를 들었다. 풍천의 눈과 마주친 순간 동정용왕은 당장 머리를 숙이고 싶다는 충동에 시달렸다.

깊은 심연!

무저갱의 어둠!

공포의 근원이 그곳에 있었다.

"넌 이 자리에서 죽을 각오가 되어 있느냐?"

"아닙니다."

"호기심과 목숨을 바꾸려 하지 말라. 내가 말을 꺼내는 순간, 너를 비롯한 모두는 저승길을 갈 수밖에 없다."

"죄, 죄송합니다."

"동정용왕! 전원 말살이다. 유령곡의 풀 한 포기조차 남겨둔다면 그 수만큼 장강수로채의 목을 취할 것이다. 그 첫 번째 대상은 구양수가 될 것이다. 주군께서 출발하신 직후, 장강수로채 또한 유령곡으로 출발한다."

"존명!"

동정용왕이 큰 소리로 대답했다.

"넌 이제 나가보아라. 녹림왕과 따로 할 이야기가 있다."

동정용왕이 다시 크게 대답하고 물러났다.

이제 차례는 녹림왕!

녹림왕 등이 몸을 부들부들 떨었다.

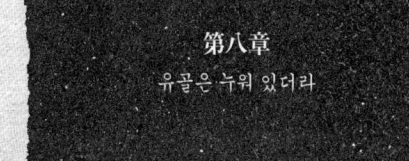

第八章
유골은 누워 있더라

전전
긍긍
마교교주

석양이 드리웠다.

천위칠군 중 두 명과 공동전인을 태운 배가 종탑의 그림자 끝자락에 멈췄다.

"선학신군, 강호가 생각보다 소란스러워졌구려."

만묘신군이 말했다.

선학신군이 옅게 미소를 머금었다.

"강호는 언제나 소란스럽지 않았습니까?"

"기이한 일이 벌어지는 것은 결코 좋은 징조라고 볼 수 없지요. 결코 접근하기 어렵다는 오태산 비동이 불청객의 방문을 받았습니다. 그런데 이제 동정호에서도 상식 밖의 일이 벌어졌으니 하는 말입니다."

"노부도 의외이긴 합니다. 강호 무림사를 통틀어도 이번 일은 최초라고 할 만하지요. 허허허, 장강수로채가 개방도들을 씻겨 버리다니……. 갱생을 돕는다는 것도 서로의 뜻이 맞아야 하거늘. 아니, 애초에 개방을 갱생시킨다는 발상 자체가 말이 안 되는 일이로군요. 하나 또 그 일로 장강수로채를 책망하기도 난처하지 않습니까? 악행이라고 보자니 해를 끼친 것이 없고, 선행이라고 하자니 개방도들이 기를 쓰고 반발하고 있으니……."

"하하하하… 맞소, 맞아."

만묘신군도 그만 웃고 말았다.

가만히 듣고 있던 주양인도 슬며시 미소를 머금었다.

만묘신군이 말했다.

"준비가 되었느냐?"

"네, 사부님."

"이미 말했지만 청청선자의 안배를 취함에 끝까지 예를 잃지 말아야 할 것이다. 족자 안으로 들어가 뵙게 되는 청청선자는 외모와 달리 천 년 전의 무림의 대선조임을 잊어서는 안 된다. 구음절맥으로 생을 마감하고도 정도의 미래를 걱정하여 그림 속에서나마 무공을 전수키로 하신 것이니 그분의 숭고한 뜻에 걸맞은 언행을 보여야 한다."

"명심하겠습니다."

주양인이 머리를 조아렸다.

무공만이 전부가 아니다.

그것이 천위칠군, 일곱 사부님의 가르침이었다.

강함보다 먼저 사람이 되는 것!

일곱 사부님은 평상시 그 길을 실천해 보이신다.

서로가 서로에게 존대를 하시며, 어떤 끔찍한 위기나 상황에서도 침착함을 잃지 않으셨다.

욕설은 다른 세상의 언어 문화였다. 아니, 크게 소리 지르는 말조차 들은 적이 없었다.

이런 사부님들을 모시게 된 것은 행운 중의 행운이었다.

모두 일제히 수중으로 몸을 던졌다.

휘이이잉~

비동은 바람이 들어올 틈새가 없었다.

그런데도 바람이 불어왔다.

머릿속으로, 가슴으로, 심장으로…….

만묘신군은 누워 있는 유골을 멍하니 바라봤고, 선학신군은 사라져 버린 그림 족자의 빈자리를 초점없는 눈으로 응시하고 있었다.

"불가능해. 도대체 어떻게 이런 일이……."

"두 번씩이나……."

만묘신군과 선학신군이 비틀거렸다.

주양인이 황급히 부축했다.

"사부님들!"

사부님들의 이런 모습은 처음이었다. 그도 물론 충격이 말로 헤아리기 힘들었다. 하지만 자신까지 격정에 사로잡힐 여유가 없었다.

두 사부님의 경지를 감안할 때, 신형이 비틀거린다는 것은 있을 수 없는 일이었다.

그런데 그 일이 지금 눈앞에서 벌어지고 있었다.

심마가 일지 않고는 불가능한 일이었다.

지고한 경지에 오른 두 분 사부님이 신체 균형을 잃을 정도다. 그 상심이 도대체 얼마나 깊은지 짐작할 수조차 없었다. 더군다나 높은 경지에 이른 자가 가장 경계해야 할 것이 교만과 심마라고 누차 강조하셨던 두 분 사부님이 아니던가.

주양인은 한 분씩 비동의 벽에 기대앉도록 도왔다.

쿵, 쿵, 쿵!

만묘신군이 동공이 풀린 채로 머리를 뒷벽에 박아댔다.

침만 흘리지 않을 뿐이지 영락없이 정신병자의 모습이었다.

"육 사부님!"

주양인이 소리치며 머리가 닿는 뒷벽에 손바닥을 댔다.

만묘신군은 들리지 않는지 계속 머리를 뒤로 박았다.

그때 옆에서 신음 같은 중얼거림이 들렸다.

"누구야. 누구야. 누구야. 어떤 새끼야. 어떤 새끼야. 어떤 새끼야."

"칠 사부님!"

주양인이 선학신군의 어깨를 붙들었다.

상태가 더 안 좋았다. 단 한 번도 욕하는 걸 들어본 적이 없는 주양인은 미쳐 버릴 것 같았다.

"칠 사부님, 정신 차리십시오."

선학신군은 누워 있는 유골 쪽을 바라보며 계속 중얼거렸다.

"개 자식들. 개자식들. 개자식들. 죽여 버린다. 죽여 버린다. 죽여 버린다."

"사부님!"

쿵! 쿵! 쿵!

만묘신군이 다시 머리를 뒷벽에 부딪혔다.

주양인이 머리 뒤에 또 손을 받쳤다.

"유골이 누워 있어. 유골이 누워 있어. 유골이 누워 있어."

주양인이 다시 선학신군을 붙들고 흔들었다. 선학신군의 몸이 흔드는 대로 멋대로 흔들렸다.

쿵! 쿵! 쿵!

주양인도 한계였다.

이대론 머리가 어떻게 돼버릴 것 같았다.

안배를 망친 자들에 대한 원망이 치솟고, 자신이 아무것도 할 수 없다는 사실이 절망스러웠다.
 바라만 보기엔 가슴이 터져 버릴 것 같았다.
 주양인이 고함을 내질렀다.
 "도대체 어떤 놈이냐! 어떤 놈이냐고!"

*   *   *

 '나!'
 도유강이 마음으로 대답했다.
 스스로에게 '세상에서 가장 불행한 사람은 누굴까?'라는 질문을 던져 보았다. 그 답은 망설일 것도 없이 튀어나왔다.
 동정호를 떠난 지도 나흘째.
 마차 안 맞은편에는 장식품이 다소곳하게 앉아 있었다.
 "왜 그렇게 쳐다보세요. 호호호, 내가 그렇게 예쁘냐?"
 장식품이 말했다.
 손약란과 또 동행이다.
 이미 수차례 풍천에게 호통쳤지만 돌아온 건 과거에 들은 뻔한 대답이었다.

 "주군, 장식품 하나 정도는 걸치셔야 품위를 유지할 수 있습니다."

심복이란 놈은 주군이 싫다는데도 멋대로 장식품을 매달았다. 떼라도 해도 들은 척도 하지 않는다.

그리고 또 하나의 거대한 불행이 찾아왔다.

동정호를 떠난 순간부터 나흘 동안 연이어 복면인들이 공격을 가해오고 있었다. 풍천은 매번 그들을 쫓았으나 여태껏 그들을 어찌하지 못하고 있었다. 심지어 정체조차 파악을 못했다.

역대 암습자들 중 최고 수준의 암살자들이었다.

만약 풍천이 곁에 없었다면 진작 목이 떨어져 나갔을 것이다. 풍천이 함께 있어도 걱정, 없어도 걱정인 셈이었다. 결국 홀로 자신을 지켜낼 수 있을 때까진 언제 죽는다 해도 이상할 것이 없는 운명이었다.

도유강은 머리를 감싸 쥐었다.

도대체 언제쯤이면 편안한 나날을 보낼 수 있을까?

'끝이 없구나, 끝이 없어.'

그때였다.

마차가 급히 멈추고, 풍천이 다급히 말했다.

"주군, 암살자들입니다."

슝슝슝슝, 하는 파공성이 마차의 삼면과 천장으로 짓쳐들었다. 암기였다. 도유강은 소리를 따라 암기의 궤적을 예측하고, 손약란을 잡아당기며 좌측 바닥으로 엎드렸다.

파파파팍!

암기가 마차의 좌측을 뚫고 반대편에 구멍을 내며 사라졌다.

마차 천장에서 내리꽂힌 암기는 엎드린 자리 바로 옆 바닥을 뚫고 지나갔다.

도유강은 얼이 나갈 지경이었다.

암기에 꿰뚫릴 뻔했다. 풍천이 암기를 막지 못한 것이다.

도대체 어떤 놈들이기에 풍천의 방어벽을 뚫고 마차를 꿰뚫어 버릴 수 있단 말인가!

"내가 그렇게 좋아?"

밑에 깔린 손약란의 말에 도유강은 비로소 정신을 차렸.

거의 본능적이었다. 손약란을 구하기 위해 그녀를 끌어안고 위에서 짓누르고 있었던 것이다.

도유강이 일어서며 청각을 돋우었다.

도검이 부딪치는 소리가 멀리서 들려오고 있었다.

"흐응… 아, 기분 좋아. 또 공격 안 하나?"

손약란이 콧소리를 내며 헛소리를 지껄였다.

이 험악한 상황에서도 농담이라니. 손약란의 심장은 쇠로 만들어진 것일까? 도유강은 경외감이 솟구칠 지경이었다.

그때였다.

마차 문이 열리고 풍천이 머리를 조아렸다.

"주군, 괜찮으신지요?"

"괜찮다. 놈들은 어찌 되었느냐?"

"용서하십시오. 겨우 한 놈을 추살했습니다만, 나머지 두 놈은 놓치고 말았습니다. 신법이 절륜하기 짝이 없는 자들이었습니다."

"그자들의 정체는?"

"죄송합니다. 전혀 알아내지 못했습니다."

도유강은 분노가 솟구쳤다.

"이 머저리 같은 놈."

퍼억!

마차 밖으로 발을 날려 풍천의 가슴을 가격했다.

손약란이 놀라 입을 쩍 벌렸다.

풍천이 서너 걸음 뒤로 물러나더니 바로 무릎을 꿇었다.

"죄송합니다."

"죄송하다는 말로 넘어갈 생각 마라. 네가 그러고도 아버지의 충복이냐! 멋대로 할 때는 언제고, 정작 암살자들조차 어찌하지 못하는 무능력한 놈이라니."

"죄송합니다."

"네놈이 죄송한 줄 안다면 장식품이란 말 따위로 헛소리 지껄이지 말고 손약란을 돌려보내라."

"주군, 용서하십시오. 이미 늦었습니다. 여기에서 손약란을 보내면 암살자들의 먹잇감이 되고 맙니다."

도유강은 한숨을 내쉬며 이마를 짚었다.

진퇴양난이다. 애초에 시작이 잘못되었다. 손약란과 동행하면서 마차를 타게 되었고, 마차를 타면서 속도가 줄어 암살자들의 추격을 용이하게 만들었다. 풍천의 말대로 이제 와서 손약란을 떨군다면 그 결과는 뻔했다. 손약란을 이 자리에서 죽이는 것과 다를 것이 없었다.

생각하면 할수록 가슴만 답답해져 온다.

마교 소교주로 태어난 것이 죄란 말인가!

왜 가만있는 사람을 내버려 두질 않는가!

무슨 원한이 있다고 이 강호는 사람을 이리도 핍박한단 말인가!

도유강이 하늘을 향해 고함을 내질렀다.

"망할! 망할! 이 망할 놈의 강호!"

*   *   *

두두두두…….

마차가 먼지를 일으키며 질주했다.

그 뒤를 기다렸다는 듯 세 복면인이 쫓았다.

중앙 복면인이 좌측을 보며 말했다.

"공추상, 너 약란이를 아주 죽여 버릴 참이었냐?"

바로 볼멘 대답이 돌아왔다.

"죄송합니다, 총채주님. 하지만 풍천이 전음으로 암기를 날리라고 해서 어쩔 수 없었습니다."

"닥쳐라. 풍천이고 뭐고 한 번만 더 살수를 전개하면 그땐 너부터 죽여 버리겠다."

복면 속에서 녹림왕이 우르릉거렸다.

"죄, 죄송합니다."

우측에서 신형을 날리던 은염교가 한숨 쉬듯 말했다.

"저는 죽어서 다행입니다. 총채주님, 풍천은 도대체 무슨 생각일까요?"

"저 미친놈의 생각을 그 누가 알 수 있단 말이냐!"

녹림왕은 인상을 찡그렸다.

뒤집어쓴 복면이 와락 일그러졌다.

"젠장, 이게 뭐 하는 짓인지……."

인생이 꼬이려니 말도 안 되게 엉망진창이 되고 있었다.

태어나 처음 해보는 일들이 기하급수적으로 늘어가고 있다.

여장에 화장까지, 심지어 여성 속옷도 입었다.

그리고 살수마냥 복면을 뒤집어쓰고 기습이라니.

풍천이 동정용왕에게 '유령곡'을 말살하라고 할 때만 해도 비슷한 명령이 떨어질 것이라고 생각했다. 또 다른 살수 집단 '흑막', '청살문' 등을 떠올릴 때, 풍천이 말했다.

"너희는 살수가 된다."

은염교가 '다시 말씀해 주시겠습니까?' 라고 물었다가 싸대기를 맞고 뒹굴었다.
이유는 '지존의 길' 이었다.
겨우 몸을 가눈 은염교가 '지존의 길이 무엇입니까?' 라고 물었다가 얻어맞고 아예 정신을 놔버렸다.
그렇게 부여된 살수의 길!
하루 할당량 세 번의 공격!
미친 짓인 줄 알면서도 암습을 가했다.
풍천은 방어하며 크게 외쳤다.

"어디서 온 자들이냐! 정체를 밝혀라!"

머리가 어떻게 되어버리는 줄 알았다.
그러나 풍천은 아랑곳하지 않고 당당히 말했다.

"무공이 고강하기 그지없구나. 하지만 네놈들이 뜻을 이루긴 어려울 것이다."

그리고 오늘, 한참을 도망치는데 풍천이 어느새 앞을 가로막고 섰다. 풍천이 은염교를 가리키며 말했다.

"넌 죽었다."

은염교가 '저요?' 라고 하면서 주변 눈치를 보다가 바닥에 드러누워 죽은 척했다. 풍천은 만족스럽게 고개를 끄덕이고 말을 이었다.

"앞으론 두 명이다."

그 말과 함께 풍천은 바람처럼 사라졌다.
녹림왕은 연신 신형을 날리며 한숨을 내쉬었다.
"휴우, 너희 둘 뭐 하는 놈들인 거냐……."

    *   *   *

두두두두…….
마차를 뒤쫓는 전광동자의 머리는 뒤죽박죽이었다.
이젠 뭐가 뭔지 하나도 알 수 없는 상태가 되어버렸다. 추격도 이쯤에서 때려치우고 싶다는 것이 솔직한 심정이었다.
일은 갈수록 커지고, 답은 없었다.
소교주가 '망할! 망할! 이 망할 놈의 강호!' 라고 소리쳤지만 그 말을 하고 싶은 것은 자신이었다.
망할, 망할, 소교주였다.
소교주의 행보는 의문투성이였다.

북쪽 산서성에서 녹림을 접수했다.
그 와중에 흑룡방을 지워 버렸다.
이어 하남의 작은 마을 장원에서 살육을 벌였다.
그다음엔 장강이었다.
가볍게 장강수로채를 손아귀에 넣었다.
동정호에서는 유유자적 자맥질을 하며 노닐었다.
그러다 또 무엇이 마음에 들지 않았는지 한밤에 백룡부를 날려 버리기도 했다.
그리고 지금은 사천성을 향해서 맹진군 중이었다.
처음엔 도피라고 생각했다.
그러던 것이 '응? 천하유람?' 이랬는데, 급기야 지금에 이르러선 '뭐야, 천하제패라도 할 셈이냐!' 로 바뀌고 있었다.
소교주가 지나는 곳마다 분란이 일어난다.
강호를 휘저으며 온갖 분탕질을 해대고 있는 것이다.
소교주가 녹림을 접수하고 떠나자 그에 대응하듯 정파에서는 신성무혼 때처럼 녹림토벌대를 결성했다.
장강수로채에서는 개방도들에게 수모를 안겨주었다.
개방의 수많은 거지들이 들고일어난 것은 불을 보듯 뻔한 일이었다.
문제는 그뿐만이 아니다.
동정호에 천위칠군의 백학이 나타난 것이다.
만약 천위칠군까지 얽혀들면 이는 정녕 천하대란이었다.

그 모든 소란 속에 소교주가 자리했다.

그럼에도 불구하고, 강호야 어떻게 돌아가든 말든 상관없다는 듯 유유히 사천성을 향해 나아가고 있다.

이건 아무리 봐도 정상이 아니었다. 교주 직을 찬탈당한 자의 올바른 처신이 아니다. 쫓기는 자라면 쫓기는 자다운 조신함이 있어야 하는 것이다.

'젠장……. 역시 아수라천마님의 혈통이라는 건가…….'

담대하고 잔혹한 것은 전대 교주님을 꼭 빼닮았다.

그러나 전대 교주님은 하나부터 열까지 모든 면에서 치밀했다. 멀리 내다보시는 혜안을 지니셨다. 은밀히 풍천을 키우신 것만 보아도 깊은 심계의 일면을 내다볼 수 있는 일이다.

그에 반해 소교주는 무턱대고 일을 벌이고 뒷수습은 팽개치고 있었다. 어쩌면 그 부분은 전대 교모를 닮았는지도 모르겠다.

전광동자는 생각에 생각을 거듭하다 머리를 저었다.

소교주가 문제가 아니다.

소교주보다 더욱 머리를 엉망진창으로 만드는 자들!

오마신이었다.

〈패배를 모르는 자들!〉

〈두려움을 모르는 절대강자들!〉

그들이 오기만 하면 소교주가 무슨 미친 짓을 해도 깔끔하게 지워 버릴 수 있다.

그런데 안 온다. 사라진 것이다, 연기처럼.

그러자 언제부터인가 말도 안 되는 온갖 잡생각이 떠오르기 시작했다.

'오마신이 객사를 당한 것일까? 설마 천위칠군에게?'

'혹시 오마신이 반란을 일으켜 신임 교주를 몰아내고 교주직에 오른 것일까?'

'나는 마교에서 버림받은 것일까? 신임 교주는 날 잊어버린 것일까?'

'원래부터 소교주는 소교주가 아니라 교주님이시고, 소면마군이 임시로 교를 맡고 있는 건 아닐까?'

이 모든 것이 그야말로 잡생각이란 것은 잘 알고 있었다. 그런데 돌아가는 상황이 잡생각을 끊임없이 양산해 내고 있었다. 멈출 수 없을 정도로, 의심의 누룩이 부풀어오르듯.

전광동자는 전면을 응시했다.

또 다른 의문은 소교주를 추격하는 무리가 자신을 포함해 총 세 부류라는 점이었다.

첫 번째 추격자는 우선은 대놓고 뒤쫓는 세 복면인.

그들은 은신술이 아닌 그냥 다 드러내 놓고 쫓고 있었다.

은실술의 기본조차 모르는 작자들이었다.

누구인지는 알고 있다. 왜 복면을 쓰고, 암습을 하는지 모를 뿐이었다. 멀리서나마 풍천과 몇 마디 대화를 나누는 것도 보았다. 어쩌면 암습을 대비한 훈련일 수도, 암습 훈련을 시키는 것일 수도 있었다. 무엇이든 전광동자가 볼 때는 그냥 지랄이었다.

'휴우… 녹림왕, 저 어린놈의 새끼도 인생이 제대로 꼬였구나. 불쌍한 새끼…….'

그러나 두 번째 추격자는 경우가 달랐다.

이자들은 은신술이 극에 달했다. 혼자가 아니라는 것만 어렴풋이 알 수 있었고, 그 외 누구인지, 어디쯤인지 가늠하기도 어려웠다. 가히 마교 최고의 은신술과 경공술의 자신과 비교해 봐도 손색이 없는 자들이었다.

그 덕분에 전광동자는 최고 수준의 은잠을 유지해야 했다.

문제는 이들이 어떤 목적으로 소교주를 뒤따르고 있느냐는 것이었다. 전대 교주님이 키워놓은 또 다른 비밀 호위일 수도, 아니면 소교주를 암살하려는 자들일 수도 있었다.

둘 중 무엇이든 결코 이로울 것이 없는 자들이었다. 머리가 깨져 나갈 지경, 정녕 이래저래 신경 쓸 것이 많은 소교주의 여정이었다.

'오마신, 오마신! 당신들은 대체 어디서 무얼 하고 있는 것이오!'

第九章
결코 죽음을 각오하지 않는 자들

전전궁긍
마교교주

두두두두…….
중경을 돌파한 마차는 사천성으로 접어들었다.
마차 안에서 손약란이 당과를 내밀었다.
"주군아, 먹어보세요."
도유강이 매섭게 노려봤다.
손약란이 당과를 한입 베어물었다.
"아, 거참… 인상 좀 펴라. 내가 그렇게 밉냐? 아무리 미워도 그렇지 대놓고 싫다는 내색을 하면…… 나야 뭐 상관없으려나… 호호호!"
도유강은 창밖으로 시선을 던졌다.

"냠냠냠… 맛있다. 근데 주군아, 나 궁금한 게 있는데, 유청청이 누구야?"

도유강이 미간을 좁혔다.

"네가 유청청을 어떻게 알지?"

"오호, 반응이 바로 오네. 잠잘 때 밥 먹듯이 유청청을 불러대는데 안 듣고 배길 수가 있어야지. 근데 이상하지? 전에는 그런 잠꼬대를 한 적이 없는데 말씀이야. 게다가 우리 주군님께선 여자를 만나거나 꼬실 시간도 없었고. 성격상 하루아침에 사랑에 빠진다는 것도 웃기는 거잖아. 뭐, 어쨌거나 그래서 유청청이 누구야?"

혹시나 안배에 대한 비밀을 알게 된 것인가 싶어 놀랐던 것인데 그게 아니라니 다행이었다. 안배를 아는 순간 죽음을 맞게 되는 것이다.

"너는 알 거 없다."

"아이, 그러지 말고 좀 알려주세요."

손약란이 교태를 부리듯 콧소리를 냈다.

도유강이 말이 없자 손약란이 눈을 부릅떴다.

"이 새끼야, 그년이 대체 누구냐니까?"

"그년이라니! 말조심해라! 한 번만 더 유청청을 모독하면 가만두지 않겠다."

"와우, 반응 죽이네. 유청청이 네 정혼녀라도 되는 거야? 아, 젠장… 그럼 난 첩인 건가."

"첩이라니! 도대체 무슨 소릴 하는 것이냐!"

원래 손약란이 말도 안 되는 소리를 아무렇지도 않게 지껄이는 것은 이제 적응이 될 지경이지만 첩 운운은 너무나도 황당무계한 말이었다.

"그렇게 정색할 건 없잖아. 나도 다 눈치가 있어. 첩이라도 받아들여야지 뭐."

"무슨 소리냐니까!"

손약란이 전음으로 대답했다.

[와우, 성질나. 듣자듣자 하니 심하네 정말.]

도유강으로서는 정녕 영문을 알 수 없었다. 또 갑자기 전음으로 이야기하는 이유도 의아하기만 했다.

[계속 시치미 떼기냐! 풍천이 내게 '처녀냐?' 묻더라. 그렇다고 대답했지. '그럼 동행한다'라고 해서 내가 이 자리에 있는 거잖아. 네놈이 주군이고 풍천이 심복인데 풍천이 제멋대로 결정했을 리가 없잖아.]

도유강은 머리가 어질거렸다.

역시나였다. 풍천 이놈이 무슨 수작을 부리고 있었다.

장식품은 헛소리였다.

풍천은 아무 생각도 없어 보이지만 결과물을 보자면 다 그만한 이유가 있었다. 언뜻 허술해 보이지만 치밀한 나름의 확고한 길을 가는 것이 풍천이었다.

그런 점에서 처녀냐, 라는 물음은 단순히 남녀의 혼사 문제

결코 죽음을 각오하지 않는 자들

는 아닐 터였다.

도유강이 깊이 생각에 잠겨 있자, 손약란이 말을 이었다.

[나도 알고 보면 괜찮은 여자야. 내가 이래 봬도 입만 다물고 있으면 다들 조숙한 줄 알아. 그러니까 쑥스러워하지 말고 고백해.]

"휴우……."

도유강은 길게 한숨만 내쉬었다.

[한숨만 쉬지 말고 네 진심을 말해봐. 고민이 있으면 시원하게 털어놓고. 일전에 이 손약란님께서 똥까지 싸면서 널 도와준 걸 잊어버렸냐?]

"휴우……."

다시 한숨이 흘러나오고, 그 즉시 손약란도 폭발해 버렸다.

"이 새끼가 보자 보자 하니까 첩이라고 사람을 무시하네? 나도 싫어, 이 망할 놈아! 첩 안 해!"

도유강이 슬며시 오른손을 들었다.

'무영출암(無影出巖)!'

극렬순백장의 제팔초식의 점결을 운용해 탄지를 날렸다. 형체없는 그림자가 암벽에서 튀어나온다는 뜻과 같이 세 줄기 암경이 뻗어나가 손약란의 혈도를 점했다.

혼혈이 찍힌 손약란이 고개를 푹 꺾고 옆으로 쓰러졌다.

도유강이 손약란을 똑바로 눕혀놓았다. 바로 전음으로 마부석의 풍천을 불렀다.

[풍천!]

[풍천이 여기에 있습니다.]

[넌 인내심이 늘었구나. 손약란이 내게 욕을 지껄여도 잘도 참는 걸 보니.]

[용서하십시오. 그녀는 천상 욕쟁이라 도저히 구제불능입니다.]

[닥쳐라! 언제까지 헛소리를 늘어놓을 참이냐! 손약란에게 들었다. 처녀라고 물었다지? 안배와 관련된 것이냐?]

[……]

대답이 돌아오지 않았다.

긍정이었다.

[역시 그렇군. 그래서 네놈이 손약란이 하자는 대로 마차를 타고, 당과를 사주고 그랬던 것이로구나. 대체 내게 숨기는 이유가 무엇이냐?]

[주군, 소인이 숨기려고 숨긴 것은 아니었습니다. 단, 주군께서 마음이 흔들리실까 염려스러웠기 때문입니다.]

[마음이 흔들리다니! 내가 정녕 손약란에게 연심이라도 품고 있는 것으로 생각했단 말이냐!]

[소인의 생각이 짧았습니다. 주군의 안배에 대한 확고한 의지를 소인이 멋대로 판단 내린 점 용서하십시오.]

[그래서?]

[세 번째 안배는 매우 특별한 통과 과정을 거쳐야 합니다.

그중 하나가 순음지기입니다. 이는 식물이나 물체, 내공을 의미함이 아니며, 오직 순결한 처녀의 몸을 의미합니다. 안배처에 이르는 데 손약란은 필수적입니다.]

도유강은 그제야 상황이 이해가 되었다.

손약란이 욕을 퍼부을 때 왜 풍천이 마차를 세우지 않았는지, 과거처럼 목을 돌려 버리지 않았는지.

그러자 연쇄적으로 또 다른 의문이 떠올랐다.

[그런데 왜 하필 손약란인 것이냐?]

천하에 수많은 여인들이 많거늘 욕쟁이를, 이라는 뒷말은 생략했다.

[주군, 세 번째 안배처는 험한 곳입니다. 현지에서 아무 여자나 택할 시엔 실패의 요인이 될 수 있습니다. 주군, 주군께선 손약란이 마음에 들지 않으신지요?]

[입만 열면 욕을 하는데 어찌 마음에 들겠느냐!]

[그럼 손약란이 제격입니다.]

[무슨 헛소리냐!]

[세 번째 안배에 닿으면 기밀 유지를 위해 손약란을 죽여야 하기 때문입니다.]

[······.]

이번엔 도유강이 말문이 막혀 버렸다.

아버지의 심복 중 한 명인 청파검이 떠올랐다.

두 번째 안배의 비밀을 지키기 위해 그는 마옥에 갇혀 있다. 그만큼 일곱 안배의 길은 아버지와 세 심복에게 목숨과도 같은 것이다.

손약란이 아니라 그 어떤 여인이라도 죽는다.

안배에 대해 아는 순간 그 존재는 사라진다.

그것이 안배의 어두운 그림자였다.

도유강이 물끄러미 손약란을 바라봤다.

그녀는 고운 입술을 다물고 누워 있었다. 그녀 스스로가 말한 것처럼 말없는 손약란은 요조숙녀였다.

"흐음……."

도유강이 옅게 신음을 흘렸다.

울고 싶다.

소리를 지르고 싶다.

분노인지 서러움인지 모를 뜨거움이 솟구친다.

그동안 거쳐온 길 위엔 너무도 많은 시체가 널렸다.

그리고 눈앞에 앞으로 죽게 될 예비 시체가 누워 있다.

마교 교주를 벗어나려고 애를 쓰면 쓸수록 더욱더 마교 교주다운 행적을 드리울 뿐이었다.

타고난 운명이란 영원히 벗어날 수 없는 것인가?

정녕 나는 천살성이라도 타고난 것일까?

도유강은 급작스럽게 찾아온 이 선택의 문제 앞에 심장이 조여오는 통증을 느꼈다.

그때였다.

마차가 급히 멈췄다.
"무슨 일이냐?"
도유강의 목소리에 절로 날이 섰다.
"주군, 날파리입니다."
풍천이 말했다.
"또 그 복면 살수들이냐?"
"그들이 아닙니다. 다섯 날파리입니다. 소인이 즉시 처리하겠습니다."

     *   *   *

쿵!
위압적으로 다섯 인영이 지면으로 내려섰다.
다섯 모두 죽립을 깊게 눌러쓰고 있었다. 그중 중앙에 자리한 죽립인이 한 걸음 나섰다.
"네가 풍천이냐?"
죽립인의 음성엔 거만함이 묻어났다. 또한 그의 전신에서는 항거하기 힘든 마기가 쏟아져 나와 주변 공기마저 내리누르고 있었다.
"누, 누구냐?"
좌측 끝에 선 죽립인이 비릿한 웃음을 흘렸다.
"흐흐흐……. 아이야, 떨고 있구나. 그래, 그동안 편안하였느냐? 천방지축 날뛰는 것도 이제 우리 오마신 앞에서 끝이로구나. 이제 그만 쉬게 해주마."

그 말과 함께 오마신이 일제히 죽립을 벗었다.

샤락!

오후의 햇살 아래 지독한 마기가 주변을 물들였다.

검마신(劍魔神)!

도마신(刀魔神)!

뇌마신(腦魔神)!

백마신(白魔神)!

흑마신(黑魔神)!

전광동자가 그리도 애타게 갈구하던 전대 전설의 거마 오마신이 드디어 모습을 드러낸 것이다.

검마신이 살짝 입꼬리를 올렸다.

그는 고작 사십대 후반 정도의 나이로밖에는 보이지 않았으며 마치 학문에 몰두하는 유생 같았다.

"소교주, 그동안 천하 유람은 후회없이 하였는가?"

대답은 없었다.

"후후, 나름 배려했는데 우리의 너그러움을 헤아렸는지 모르겠군."

"뒷걸음치지 마라. 두려워할 건 없다. 모두가 언젠가는 죽는 것이 삶이 아니더냐."

백발에 피부까지 새하얀 백마신과 그와는 반대로 짙은 머리카락에 또 그만큼 검은 피부의 흑마신이 날카롭게 안광을 빛내며 한마디씩 뇌까렸다.

"뒷걸음치지 말고 당당히 죽음을 맞이하라!"

도마신이 챙, 소리와 함께 도를 뽑아 들었다.

스릉!

검마신도 그에 호응하여 검을 뽑았다.

검을 쥔 우수를 사선으로 자연스럽게 비껴 내린다.

"전대 교주님을 생각해 너희 모두를 고통없이 죽여줄 테니!"

"마, 마, 마교……"

들려오는 소리는 채 끝을 맺지 못했다.

스슥. 사악.

오마신의 신형이 일제히 흐릿해지며 피분수가 솟구쳤다.

"끄어억!"

"아아악!"

"커어억!"

모든 것이 순식간에 일어났다가 순식간에 끝이 났다.

가슴이 뭉개지고 뼈가 으깨졌다. 피가 솟구치고, 방금까지 숨을 쉬고 눈을 깜박이던 머리도 어깨 위에서 속절없이 떨어져 나갔다.

검마신이 검에 내기를 흘려 피를 떨쳐 냈다.

지이잉…….

핏방울이 검신을 따라 또르르 움직여 검끝에 모였다가 뚝,

하고 떨어졌다.

척!

검마신이 발밑에서 죽어가는 인영을 바라봤다.

"소교주, 우리를 탓하지 마라. 강호는 예로부터 지금까지 비정한 곳. 그것이 바로 강호요, 무림일지니……."

"쿨럭, 쿨럭……."

죽어가는 인영이 피를 게워내며 말했다.

"이 미친…… 난 홍와문주이거늘……. 마교가 왜… 날……."

말한 이는 노인이며 홍와문주였다.

홍와문주는 억울함에 미쳐 버릴 것 같았다. 사람이 태어나면 반드시 한 번 죽는다지만 이처럼 어이없는 죽음은 수긍할 수가 없었다. 나이 육십을 넘겼다. 마교의 소교주가 어떤 작자인지는 몰라도 이 나이로는 도저히 오해받고 싶어도 오해받을 수가 없는 것이다.

그는 금번 녹림토벌대에 정예 수하들과 함께 참여했으나 녹림토벌대의 지휘체계에 불만을 품고, 단독으로 녹림총채 오태산에서 녹림 수뇌부의 복귀를 기다리고 있었다.

그러나 기다리던 녹림왕 대신 등장한 것은 들어본 적도 없는 마교의 오마신이라는 자들이었다. 왜 이들이 자신들을 가리켜 소교주며 풍천이라고 하는지 알 수 없었고, 녹림토벌대의 지휘부를 따르지 않은 자신의 모습을 후회했지만 이미 돌

결코 죽음을 각오하지 않는 자들

이킬 수 없는 치명상을 입고 말았다.

"이건 잘못되었……."

홍와문주는 말을 끝맺지 못했다.

검마신이 홍와문주의 머리를 밟았다.

파삭!

머리가 산산이 으깨졌다.

"설명 따윈 필요없다. 마교의 어느 누가 네놈과 소교주를 착각한단 말이냐?"

검마신이 몸을 빙글 돌렸다.

"죽을 때까지 말이 많은 놈이군."

검마신이 주변에 놓인 홍와문도 열두 구의 시체를 보며 인상을 찡그렸다.

"이 놀이도 이젠 전혀 흥이 나질 않는구나. 피비린내가 고약스러우니 자리를 옮기도록 하자."

검마신이 신형을 번개처럼 쏘아올리자, 그 뒤를 사마신이 빛살이 되어 쫓았다.

이윽고 산봉우리 정상에 오른 오마신은 빙 둘러앉았다.

먼저 뇌마신이 말했다.

"오태산에 머문 지도 벌써 열흘째다. 언제까지 오태산에서 뭉기적거릴 셈이냐!"

그는 백발에 양볼이 도톰하고 눈썹이 역팔[八] 자 형태로 치솟아 무척 사나워 보였다.

바로 도마신이 받아쳤다.

"그럼 풍천이란 놈과 맞서 싸우기라도 하겠다는 것이냐?"

"그 뜻이 아니잖느냐! 신임 교주의 말이, 풍천이 혼자 몸으로 마교 전력의 절반을 무너뜨릴 수 있다고 했거늘 왜 우리가 오태산에서 어슬렁거려야 하느냐 말이다. 북해의 얼음 동혈에라도 가서 십 년 정도 푹 눌러 있다 보면 어떤 식으로든 결판이 나 있을 것이라는 뜻이다."

면박을 주었던 도마신이 턱을 어루만지며 고개를 끄덕였다.

"북해라……. 그것도 괜찮은 생각이로구나."

"헛소리!"

검마신이 고함쳤다.

모두가 그를 주시했다.

검마신이 말을 이었다.

"이십 년이 넘게 은둔해 있었다. 또다시 십 년이나 어둠의 시간을 보낼 수는 없다. 네놈들은 무슨 생각인 것이냐!"

야멸찬 고함에 모두의 안색이 붉게 달아올랐다.

그러나 아무도 반박하는 사람은 없었다.

대신 그들은 지난 세월을 떠올리고 있었다.

결코 잊을 수 없는 이십여 년 전의 한 사건을.

그렇다. 어느덧 이십여 년 전이다.

신성무혼이 그의 별호대로 혜성처럼 등장한 때였다. 정도의 뭇 고수들이 신성무혼에게 충성을 맹세하고 결국엔 마교를 위협하는 지경에 이르렀던 때.

아직도 그때 그 목소리가 귓가에 어른거린다.

"신성무혼을 죽여라!"

당대 교주 아수라천마의 특명이었다.
오마신은 당당히 나아갔다.
그들은 이제껏 단 한 번도 패배한 적이 없는 마도의 또 다른 전설이었으며, 그렇기에 신성무혼의 죽음에 대해 일말의 의구심도 품지 않았다.
그렇게 신성무혼의 행적을 쫓길 보름여.
그들은 한 광경을 보고 말았다.
사파의 지존이라 불리던 혈사황(血邪皇)과 혈사문의 오장로(五長老)가 신성무혼 백무결과 처절한 사투를 벌이고 있었다.
육 대 일의 대결.
백여 초가 간신히 되었을까.
결과는 혈사황과 오장로의 피떡이었다.
그들이 아는 혈사황과 오장로는 백여 초 만에 쓰러질 만큼 허약한 존재들이 아니었다. 사파 세력 중 마교에 유일무이하게 자존심을 굽히지 않을 만큼 무위가 놀라운 그들이 처참하게 짓뭉개진 것이다.

주검 곁에 선 신성무혼은 마치 무신(武神)과도 같았다.

오만하게 하늘을 올려다보는 모습에서 범접하기 어려운 경외감과 천하제일인의 고독을 느꼈다.

오마신은 그 자리에서 현명한 선택을 내렸다.

그건 진정 현명한 선택이었다.

도주!

패배를 모르는 그들이기에 패배를 당할 순 없는 노릇!

천하에 신성무혼을 상대할 자는 없다.

마교는 끝났다.

교주 아수라천마가 비록 마도의 전설 중의 전설로 불리나 최소 다섯의 아수라천마가 있어야 신성무혼을 상대할 수 있을 정도로 신성무혼은 강하고 두려운 상대였다.

그렇게 오마신은 초야에 묻혔다.

밭을 갈고 산을 거닐면서 간간이 강호 사정을 파악했다.

그러던 어느 날 뜻밖의 소식이 들려왔다.

마도의 지존, 마도의 전설 아수라천마가 신성무혼을 쓰러뜨렸다는 것이다. 그것도 단 일 장에 쳐죽였다는 믿을 수 없는 소식이었다.

오마신은 자신들의 교주가 그토록 대단한 무위를 지녔다는 사실에 놀라움을 감출 수 없었지만 또 그 때문에 교주 앞에 모습을 드러낼 수 없었다. 도무지 살아 있는 이유를 밝힐 수 없었기 때문이다.

　마교로 돌아가고 싶은 열망은 컸으나 돌아갈 수 없는 처지로 그렇게 세월은 흘러 이십여 년이 지난 어느 날, 다시 한 소식을 접하게 되었다.

　교주 아수라천마의 죽음.

　드디어 어둠의 은거를 깨고 교로 돌아갈 때가 된 것이다.

　거마로 군림하던 옛 시절을 추억하며 교로 복귀했다.

　그것이 한 달 전이었다.

　"망할!"

　도마신이 대도(大刀)로 바닥을 찍었다.

　청, 하는 소리와 함께 암석이 두부처럼 갈라졌다.

　"왜 우리의 삶은 되풀이되는 것이냐! 풍천이란 놈은 전대 교주가 키운 살인 병기! 신성무혼보다 더 무시무시한 놈이 아니냔 말이다!"

　"지금이라도 늦지 않다. 차라리 소면마군을 없애고 우리 중 하나가 교주가 되는 것이 낫다."

　뇌마신이 나직이 뇌까렸다.

　검마신이 고개를 저었다.

　"헛소리! 사부의 비호를 받고 있는 소면마군을 죽일 수 있다고 생각하느냐! 소면마군, 그 영악한 놈이 사부를 무슨 말로 구워삶아 태상 교주로 모셨는지 모르지만 사부가 받아들인 만큼 놈을 제거하는 것은 불가능하다."

사마신이 옅게 신음을 내뱉었다.

진퇴양난이다.

또 초야에 묻히자니 이젠 지겹고, 소교주를 죽이자니 풍천이란 놈이 두렵고, 소면마군을 제거하자니 사부가 두려웠다.

대체 어떤 놈인지 파악해 보자는 생각에 행적을 따라 오태산에 왔는데 아니나 다를까, 이미 산 전체에 피비린내가 진동했다.

그 아버지에 그 아들!

전설의 교주의 심복다운 잔혹함이었다.

어느 누구도 말을 꺼내지 못하고 침묵을 지켰다.

한없이 이어질 것 같던 침묵을 깨뜨린 건 흑마신이었다.

"전광동자, 그 어린놈이 안달이 난 모양이다. 만리혈향을 더욱 진하게 피우기 시작했다."

오마신 중 만리혈향의 탐지에 가장 능한 흑마신이었다.

"흠, 귀찮은 놈이군. 지금 위치는?"

검마신이 물었다.

"사천성 동쪽쯤이다."

"흠, 동정호를 떠나 십오일 째에 사천성이라……. 그 정도 거리라면 동정호로 간다 해도 서로 부딪칠 일은 없겠군. 그곳으로 이동해 소교주와 풍천의 행적을 살펴보도록 하자."

"그렇게 하지."

모두 검마신의 의견에 동의하며 몸을 일으켰다.

이내 다섯 거인은 둥그렇게 원을 만들며 섰다.

검마신이 말했다.

"우리 오마신은 다시는 은둔하지 않는다. 또한 섣불리 손을 쓰는 일도 어리석기 짝이 없는 일이다. 신임 교주의 의중은 명확하다. 풍천과 우리 오마신을 동시에 제거하려는 속셈. 풍천과 맞붙게 되면 최소 양패구상이다. 그것이야말로 신임 교주 그 웃는 얼굴 소면마군의 노림수라 할 수 있지. 우리 모두 오랜 세월 목숨을 소중히 여겼거늘 무슨 이유로 지금에 와서 목숨을 내놔야 하느냔 말이다!"

"당연한 이야기!"

백마신이 호응했다.

"우리는 반드시 승리를 쟁취한다!"

"죽음을 각오하는 자는 어리석은 자의 몫!"

"오마신은 결코 패배를 모른다!"

도마신과 뇌마신, 그리고 흑마신이 그 뒤를 이었다.

검마신이 다시 크게 외쳤다.

"오마신은!"

바로 이어 모두가 입을 맞춰 외쳤다.

"결코 죽음을 각오하지 않는다!"

第十章
흔적없는 추격자들

전전
긍긍
마교교주

스릉!

풍천이 검을 빼드는 소리가 들렸다.

그에 맞춰 도유강은 마차 밖으로 나섰다.

막아선 도적은 총 다섯이었다.

그렇다. 또 도적놈들이었다.

녹림채와 장강수로채를 떠나니 사천의 도적놈들이 어김없이 모습을 드러냈다.

강호에는 정녕 도적 나무라도 있는 걸까?

잡초보다 번식력이 왕성해 하나를 뽑으면 어느새 열 그루가 자라나는 도적 나무가 말이다.

다섯 도적은 정규 복장을 착용하고 있었다. 옷매무새는 깔끔했고, 나름 청결한 도적놈들이었다.

백설처럼 흰 백의 무복에 가슴 부위로는 붉은 뱀 형상이 살아 있는 듯 선명히 새겨져 있다. 일단 마교의 암살대는 아니었다. 마교 내 어느 누구도 저런 해괴한 문양을 달고 다니진 않는다.

풍천은 무례하다느니, 목숨이 아깝지 않느냐 따위의 말도 없이 다짜고짜 썰어버리려는 듯 무릎을 살짝 구부리고 신형을 날리려 했다.

"풍천, 멈춰라!"

도유강이 급히 외쳤다.

손약란이 죽기로 예정된 마당이다.

죽음은 하나만으로도 벅차다.

또한 이들은 복면살수들과는 다른 자들이었다.

그들이 겁도 없이 길을 막아섰다는 것은 상대할 자가 마교 최고의 살인 병기라는 것을 모른다는 의미. 그렇기에 단지 길을 막았다는 이유만으로 죽인다면 이자들에겐 가혹한 일이었다.

게다가 가는 길마다 도적 떼들을 닥치는 대로 죽였다간 평범한 삶은 영원히 누릴 수 없게 되고 만다. 대신 별호에 '사신(死神)'이란 두 글자를 박아 넣게 될 것이다.

"존명!"

풍천이 즉시 검을 등 뒤로 돌려 세우고 옆으로 다가와 그림자가 되었다.

도유강은 다섯 도적을 하나씩 훑었다.

다섯 중 중앙에 선 자가 눈에 띄었다. 오십대 중반의 사내로 가장 연배가 높았고, 또한 다른 이들과 달리 그의 가슴 부위엔 쌍적사, 즉 두 마리의 붉은 뱀이 수놓아져 있었다.

쌍적사를 똑바로 응시하며 말했다.

"무슨 일로 마차를 가로막은 건가?"

쌍적사가 한쪽 입꼬리를 말아 올렸다. 그 뒤쪽에 선 네 명도 조소를 머금었다.

"당당한 태도로구나. 이제 갓 스물 남짓으로 보이거늘 존대는 배우지 못한 모양이구나."

풍천이 꿈틀했다.

도유강은 손을 들어 제지했다. 최대한 상식 선에서 해결하는 것이 옳았다.

"무턱대고 마차를 가로막은 자가 예의를 따지는군. 먼저 마차를 가로막은 이유를 공손히 설명한다면 나 또한 응당 공손히 대답하겠다."

"하하하하!"

쌍적사가 웃음을 터뜨렸다.

"네놈이 믿는 구석이 있나 보구나. 이미 사천 전역은 당가의 천라지망 속에 있다. 너의 그 당당함이 도리어 의구심을 자극하는구나. 내 짐작이 어떠하냐? 너는 정녕 마차 안에 우리 사천당가에서 찾고 있는 것을 숨기고 있는 것이냐? 대답하라, 젖내나는 애송……."

그 순간이었다.

스윽.

도유강이 '옆머리가 휘날리네?'라는 감상을 늘어놓기도 전에 사건은 벌어졌다.

풍천이 쌍적사의 어깨 아래에 검을 박아 넣었다.

푸욱!

도유강이 보기엔 마치 복면살수들을 처리하지 못한 분한 감정을 쌍적사에게 풀어버리는 듯한 모습이었다.

쌍적사가 말을 멈추고, 가만히 자신의 어깨를 내려다봤다. 비명을 지를 사이도 없이, 고통을 느낄 사이도 없이 거짓말처럼 검신이 거의 자루 부근까지 뚫고 들어와 있었다.

풍천이 검을 쥔 채였기에 마치 그 모습은 쌍적사와 귓속말이라도 나누려는 듯 다정해 보였다.

쌍적사가 '어?' 하고 바보 같은 소리를 냈고, 뒤쪽에 서 있던 네 명의 당가 고수도 현실감없이 바라보기만 했다. 도유강도 넋 나간 표정이 되고 말았다.

당하는 자나 관전하는 자나 공히 검이 살을 파고든 후에야 비로소 상황이 바뀐 것을 깨달았을 만큼 찰나간에 공격이 이루어졌던 것이다.

쌍적사의 손이 뒤늦게 반격을 가하기 위해 움직였다.

그러나 풍천은 그보다 훨씬 더 빨리 움직였다.

쌍적사가 장법을 펼치려 시도하는 즉시 풍천은 검을 뽑고 무릎을 가격하여 꿇린 뒤, 발바닥으로 머리를 짓밟았다. 검은 어느새 뺨에 닿아 있었다.

엄청난 반응 속도여서 원래부터 머리를 짓밟고 있었던 것 같은 착각이 들 정도였다.

풍천이 검면으로 쌍적사의 볼을 때렸다.

찰싹.

"주군께 용서를 빌어라."

쌍적사가 대답없이 격한 숨만 몰아쉬었다. 분노를 주체할 수 없는 듯 보였다. 뒤편에 선 네 사람은 섣불리 움직이지 못하고 기회를 엿볼 뿐이었다.

도유강은 사과 따윈 바라지도 않았다.

그저 이 강호의 일관된 무례함이 싫고 화가 날 뿐이었다.

"무슨 일로 마차를 가로막았느냐?"

"크크크크!"

쌍적사가 낮게 웃었다. 쉰 듯한 목소리여서 언뜻 뱀소리 같기도 했다.

"노부는 당가의 적사령주 당하경이다. 이 모욕은 반드시 갚아주겠다. 죽고 싶다고, 죽여달라고 애걸할 때까지 고통을 선사해 주마. 그 시작은 바로 지금이다. 분독하라!"

꽝! 꽝! 꽝! 꽝!

당하경의 외침이 떨어지기 무섭게 독탄이 터지며 회색빛 연기가 솟구쳤다. 이내 주변은 희뿌연 연기로 가득 차 눈앞의 사물조차 구분이 안 될 지경이 되고 말았다.

"크크크크……."

당하경이 연기 속에서 뱀처럼 쉭쉭거리며 웃었다.

"크크크크… 솜씨가 그럴듯했다만 너희의 실수라면 감히 사천당가를 건드렸다는 것이다. 실망하지 마라, 아직 죽지 않았으니. 절혼독에 당하는 순간 온몸이 마비되나 죽음은 반나절 후의 이야기다. 그동안 내 너희 두 놈에게 지옥을 보여주리라. 이쯤이면 되었다. 독연을 거두고, 놈들의 마차를 수색해 화룡도(火龍圖)의 단서를 찾아라. 현소는 어디에 있느냐? 난 마혈이 제압되었다. 너는 당장 날 짓누르는 이자의 발을 치워라!"

"복명!"

쉬이이익…….

일제히 쏟아진 대답에 이어 독연을 빨아들이는 소리가 나면서 장내의 연기가 엷어지며 주변 풍광이 돌아왔다.

명을 받은 현소가 '어?' 하고 걸음을 멈췄다.

"어? 라니!"

당하경이 발밑에 깔린 채로 눈동자만 굴려 올려다봤다. 그의 눈동자가 당장 붕어 눈처럼 튀어나왔다.

"허억!"

석상처럼 굳은 채 서 있어야 마땅한 애송이가 앉아 있었다, 그것도 인상을 찡그린 채로. 머리를 밟고 있는 놈은 발에 압력을 더 실어 지그시 눌러왔다.

이래선 안 되는 것이었다. 절혼독은 당가의 십대극독 중 하나이며 제조법만큼이나 해독약을 만드는 것이 어려웠다. 그런데 한 놈도 아니고 두 놈 모두 절혼독이 한낱 안개에 불과하다는 듯 태평하기 짝이 없었다.

"뭐, 뭐냐… 너희들… 어째서 절혼독이……."

도유강이 말했다.

"가관이로구나. 다짜고짜 길을 막고 독까지 살포하다니. 풍천!"

"하명하십시오!"

"또다시 독을 쓸지 모르니 놈들을 하나도 빠짐없이 제압하라. 명심해라. 죽이는 것이 아니다. 제압하는 것이다."

"존명!"

대답에 이어 연달아 풀썩이며 짚단 쓰러지는 소리가 났다.

도유강이 당하경에게 손을 내밀었다.

"해독약은?"

당하경이 눈에 힘을 주며 저항했다.

도유강은 내심 한숨을 내쉬었다.

이 강호의 생리는 인성을 절로 파괴하는 묘용을 지니고 있었다. 과거부터 존재했으나 펼쳐 보기는 처음인 '협박'이라는 신기술을 사용할 수밖에 없었다.

"셋을 셀 동안 응하지 않는다면 네 수하들의 목을 하나씩 자를 것이다. 언젠가는 말을 하게 될 테지만 몇몇의 목이 날아간 다음이라면 쓸데없는 고집을 부린 셈이 될 것이다. 하나, 둘, 셋!"

"그만! 해독약을 주겠다."

풍천이 손을 놀려 혈도를 해제하고 검을 목에 겨누었다.

당하경이 몸을 꿈틀거리며 품에서 청록색 주머니를 꺼냈다.

그로서도 달리 방법이 없었던 것이다. 절혼독을 이겨낸 것을 볼 때 독문이나 화용문의 수뇌 인사일 가능성이 컸다. 만약 추측대로라면 시간상의 문제일 뿐 마차 안에 중독되어 있을 인물의 해독도 불가능한 일은 아닐 터였다.

"그 안에 황갈색 환약이다. 한 알이면 충분하다."

"속임수라면 각오하는 것이 좋을 것이다."

도유강이 신기술 '협박'을 다시 시전하고 마차 안으로 들어갔다.

혼혈이 찍힌 손약란은 '나 독에 중독되었다'라고 말하듯 입가에 거품을 흘리고 있었다.

도유강은 우선 해혈한 뒤, 입술을 벌려 해독약을 뭉그러뜨려 가루로 만들면서 입 안으로 떨어뜨렸다.

　약효는 즉시 나타났다.

　손약란이 옅게 신음 소리를 내며 몸을 뒤틀었다.

　도유강은 안도하는 한편 자신이 혐오스러웠다.

　죽이기 위해 살리고 있는 것이다. 손약란은 어떤 위해도 가하지 않았거늘 자신의 꿈을 위해 죽여야 하는 것이다. 어떤 변명도 소용없는 죄질 나쁜 인간 그 자체였다.

　"젠장!"

　쿵!

　마차 바닥을 내려치고 밖으로 나왔다.

　풍천이 당하경을 무릎 꿇리고 목에 검을 겨누고 있었다.

　도유강이 다가가 물었다.

　"너는 나를 아느냐?"

　"모른다."

　"다행이군. 알고 있었다면 일이 복잡했을 텐데… 아까 이야기를 듣자니 화룡도인지 뭔지를 찾기 위해 마차를 수색하려 했다고?"

　"그렇다."

　"사천당가는 목적을 위해서라면 다짜고짜 낯선 자를 핍박부터 하고 보느냐? 그리고 독을 살포하고, 당가를 건드리면 지옥을 보게 된다고 고함을 내질렀다. 대체 당가가 뭐가 대단하다고 이런 행패를 부리는 것이냐!"

"……."

"후우, 더 길게 말해봐야 알아듣지도 못하겠지. 우린 하남에서 곧장 사천으로 달려왔고, 당가의 일은 전혀 모르고 있다. 자, 이제 너는 두 가지 중 하나를 선택하라. 첫째, 나는 너희를 풀어주고 너희는 갈 길을 간다. 대신 당가의 명예를 걸고 귀찮게 하지 말라. 두 번째는 너희 모두 이 자리에서 죽어 흔적도 없이 사라지는 것이다. 당가의 누구도 너희가 어디로 갔는지 모르게 되겠지. 택일하라."

풍천이 바로 끼어들었다.

"주군, 선택지가 너무 많습니다. 깔끔하게 한 줌 혈수로 녹여 버리면 그만입니다."

"닥쳐라. 가는 곳마다 주검을 늘여놓을 셈이냐!"

도유강이 당하경을 응시하며 대답을 종용했다.

당하경이 숨을 토해내며 말했다.

"좋소. 오늘 나 적사령주는 그대들을 만나지 않았소."

"현명하군. 만약 실천에 문제가 생긴다면 그때는 선택할 수 없는 막다른 길에 놓이게 될 것임을 명심하라."

도유강이 마차 안으로 들어가자, 풍천이 마차의 진행 방향에 드러누운 당가의 고수들을 길 가장자리로 쓰레기 버리듯 집어던졌다.

당하경이 인상을 찡그리며 그 모습을 지켜봤다.

풍천이 그런 당하경에게로 다가갔다.

"기분이 어떠냐?"

"……."

기분이 어떠냐니. 당하경이 미간을 좁히고 노려봤다.

풍천이 한쪽 입가를 미세하게 뒤틀었다.

"속임수라면 각오하는 것이 좋을 것이다."

"……?"

당하경이 영문을 몰라 눈만 깜박였다.

찰싹!

풍천이 뺨을 살짝 갈겼다.

"멋지지 않느냐? 주군의 말씀 말이다."

'이 미친 새끼…….'

당하경이 아랫입술을 깨물었다.

풍천이 말했다.

"후후, 운이 좋은 줄 알아라. 주군께서 점점 진화하고 계셔서 지켜보는 나는 기쁘기 그지없다. 주군의 위엄이 날이 갈수록 커져만 가는구나."

당하경은 이제 이를 악물었다.

풍천의 말이 이어졌다.

"주군께서 특별히 은혜를 베푸셨음을 잊지 마라. 주군의 명은 곧 하늘의 명령! 허튼짓을 시도하면 그땐 나의 검이 네 어깨를 관통하는 것으로 끝나지 않을 것이다. 바로 여기!"

풍천이 당하경의 이마를 검지로 쿡쿡 찔렀다.
"여기에 구멍이 날 것이다."
풍천이 마차에 오르고 먼지를 일으키며 사라졌다.
당하경은 그제야 울분을 터뜨렸다.
"이 망할!"
약속 따위 중요치 않다. 기억해야 할 건 당가를 건드렸다는 사실 하나뿐이었다.
"네놈들이 당가를 건드리고 사천을 활보하겠다는 것이냐. 오냐! 나는 너희 두 놈의 시체를 매달고 사천을 종횡해 주마. 반드시, 반드시 죽여 버리겠다."
당하경이 품에서 지름이 한 치 정도되는 작은 원통을 꺼내 아래쪽을 가격했다.
퓨숑!
푸른 불꽃이 연기와 함께 하늘로 솟구쳐 올랐다.

*   *   *

[하아, 선배… 큰일 날 뻔했소. 하마터면 당가보다 먼저 마차를 가로막을 뻔했으니……]
부취객이 과장된 손짓으로 가슴을 쓸어내렸다.
무영신투가 눈살을 찡그렸다.
[네놈이 성깔을 가라앉히지 못하면 언제가는 크게 한번 화

를 당하고 말 것이다. 장강수로채에서 저 애송이를 귀빈 대우할 때부터 알아봤어야지. 네놈 말대로 우리가 먼저 마차를 덮쳤다면 꼬치구이가 될 뻔했잖느냐!]

부취객이 입을 비쭉 내밀었다.

[귀빈 대우야 과거에 친분이 있다면 가능한 일이지요. 그런데 선배, 당가의 적사령주면 어느 정도 수준인 거요?]

[무공 수준으로만 보자면 거의 당가의 장로 급에 이르렀다고 보면 된다.]

[휴우, 이거 생각보다 막막하구려.]

부취객이 한숨을 내쉬었다.

무영신투도 입을 쩝쩝 다셨다.

천위칠군을 떨쳐 내는 방법은 오직 한 가지로, 야명주를 훔친 진범을 잡는 것이었다.

도계 서열 일위와 이위의 실력을 유감없이 발휘했다.

정보를 수집하며 동분서주한 결과 정주에서 야명주로 인한 분란을 알아냈다. 그 뒤 무한, 동정호까지 일거에 주파하며 진범을 찾아냈다.

두 사람이 동정호에 도착했을 때 진범은 장강수로채를 나서는 상황이었고, 그 뒤를 곧바로 밟았다.

그러다 따분함에 지친 부취객이 마차를 덮치자며 채근하고 있었던 것이다. 하지만 드러난 것은 막막함뿐이었다.

[이크, 마차가 출발한다. 우리도 가자.]

무영신투가 은잠을 유지한 채 신형을 날렸다.

뒤질세라 부취객이 그 뒤를 쫓아 이내 어깨를 나란히 했다.

[선배, 우리 이쯤에서 발 뺍시다. 까짓 저 두 놈이 도계 서열 일위라고 인정하면 그만 아니오.]

[넌 이 고생을 왜 하는지 벌써 잊은 게냐? 천위칠군에게 영원히 쫓기고 싶지 않다고 말한 건 네놈이었다. 딸을 만나고 싶다고 눈물을 글썽이던 놈은 어디로 간 것이냐?]

[허허, 선배도 참… 내가 언제 딸을 버리겠다고 했소? 천위칠군에게 야명주를 훔친 범인이 저놈들이라고 일러바치자는 것이지요.]

[몇 번을 말해야 알아듣겠냐? 천위칠군이 우리 말을 믿겠냐? 접촉하는 순간 개털이 되고 만단 말이다. 지금껏 모은 보화를 다 토해낼 위험을 내가 왜 자청하겠냐?]

[그럼 선배는 저 괴상하고 무지막지한 놈들과 맞서 싸우겠다는 것이오? 만독불침이 아닐지도 모르지만 여하튼 독이 통하지도 않는 놈들이지 않소? 선배나 나나 최상급의 피독주를 지니고 있으니 그럭저럭 견딘다 해도 저것들은 뭔가 수상하단 말이외다. 선배, 선배야말로 우리의 계획을 잊어버린 것이 아니오?]

[잊기는 누가 잊었다고 성화냐? 진범을 잡아 야명주와 함께 천위칠군에게 넘기는 것이 아니냐!]

[그렇소. 잘 기억하고 있구려. 그런데 이제 드러난 상황이 어떻소? 우리 계획은 현실성이 없단 말이오. 정주의 구룡문 따위야 그렇다 칩시다. 장강수로채의 귀빈에, 당가의 적사령주를 꼬치 꿰듯 구멍 내버렸소. 일 초도 채 반격을 못했단 말이오. 듣고 있소?]

[듣고 있다, 이 망할 놈아!]

[그뿐이 아니란 건 선배도 알 것이오. 세 명의 복면인 말이오. 은실술이 저렴하기 이를 데 없는 작자들이 암습을 하는 것인지, 마차를 호위하는 것인지 애매한 태도로 뒤따르고 있소. 풍천이란 자는 그 암살자 놈들에게 '오늘은 됐다'라고 말까지 걸었소. 이게 대체 뭐란 말이오.]

[쩝……]

무영신투가 혀로 입술을 핥았다.

[게다가 결정적으로 '흐릿한 그 무엇'은 또 뭐란 말이오. 선배나 나나 그 망할 존재가 무엇인지도 모르지 않소? 아니, 그게 진짜 뒤따르고 있는 것인지, 착각하고 있는지도 구별이 안 갈 지경이지 않냔 말이오!]

무영신투는 대답을 못했다.

부취객의 말은 틀린 말이 한마디도 없었다.

천위칠군의 보물을 훔친 놈들은 그만큼 대단하고, 또 그 주변 상황이 엉뚱하고 또 한편으로는 신비로웠다.

'어쩌면 좋을까…….'

무영신투는 천위칠군과 진범을 마음의 무게추에 올려봤다.
기우뚱!
가늠하자마자 천위칠군 쪽으로 기운다.
역시 천위칠군의 속박에서 벗어나는 것이 가장 중요했다.
[선배, 뭐라고 말 좀 해보시오?]
부취객이 짜증을 내기 시작했다.
[여기까지 와서 포기할 순 없다. 유능한 전략가는 상황에 따라 대처하는 법. 놈들을 제압하는 것이 어렵다면 야명주를 은닉한 곳을 알아내서 야명주만이라도 빼내야 한다.]
[알아낸다고요? 무슨 수로 알아낸단 말이오? 선배, 말을 아주 편하게 하는 고약한 버릇이 있구려.]
[후후, 천이통이라면 납득하겠느냐?]
[천이통을 선배가 부린단 말이오?]
부취객은 놀란 눈이 되고 말았다.
[물론. 이제 되었느냐?]
[아니오, 아니오. 선배가 천이통을 부리는 건 놀랍고 존경스럽지만 그래도 난 싫소.]
[이 자식이 틈만 나면 존경한다고 입 발린 소리를 하면서 말을 먹어버리네.]
[존경하는 것과 별개로 상황이 버겁지 않습니까?]
[아니야. 이건 아니야.]
무영신투의 눈이 가늘어졌다.

[선배, 뜬금없이 뭐가 아니라는 거요?]

[후후, 역시 그것이었나. 네 속이 이제야 보이는구나.]

[무슨 뜻이오?]

[당가가 찾고 있다는 화룡도가 아른거리지?]

[말도 안 되는 소리요!]

부취객이 강력하게 부인했다. 하지만 순간적으로 신형이 주춤하며 몸이 움츠러들었다.

무영신투는 그걸 놓치지 않았다.

[후후, 역시로군. 그럼 그렇지. 이 도둑놈의 새끼가 욕심은 나보다 더하구나.]

그제야 부취객이 멋쩍은 웃음을 지었다.

[아, 제길… 들켜 버렸네. 선배는 괜히 선배가 아니구려. 선배, 우리 야명주 따위는 접어두고 화룡도나 찾으러 갑시다. 당가의 보물이잖소. 솔직히 선배나 나나 야명주가 눈에 차기나 하오?]

무영신투는 절로 한숨이 났다.

[휴우, 이런 놈과 내가 함께 다니고 있다니. 딸이고 뭐고 좌우지간 보물이라면 눈이 뒤집혀 버리니. 잘 들어라. 앞으로 한 번만 더 화룡도 이야기를 꺼내면 네놈을 어떤 수를 써서라도 곤경에 빠뜨리고 말겠다.]

[알겠소. 너무 그러지 마시오. 선배는 벌써부터 청렴해지고 말았구려.]

무영신투는 은영술이고 뭐고 간에 다 집어치우고 미친 척 한 대 쳐버릴까를 고민했다.
 [관두자, 관둬. 나도 도둑놈이지만 도둑놈들이 징하긴 징하구나.]

第十一章
초대장

전전
긍긍
마교교주

내일이다.
내일이면 세 번째 안배를 취하게 된다.
깊은 밤 객방 침상에 누운 도유강은 잠을 이루지 못했다.
들떠서가 아니다. 기대감도 아니었다. 풍천을 또 능가하지 못하면 어쩌나 염려하는 것도 아니었다.
도유강은 옆으로 돌아누워 건너편 침상을 바라봤다.
손약란!
내일이다.
내일이면 손약란이 죽는다.
손약란을 죽이지 않는다면?

다른 여인이 죽을 것이다.

그 여인조차 죽이지 않으려 한다면……

그땐 자신이 죽을지도 모른다.

지존의 길을 진심으로 포기한다면, 풍천은 과감히 자신의 목을 쳐버릴 것이다. 그 뒤 어쩌면 풍천도 자결할 것이다. 그것을 피하기 위해서 손약란을 죽여야 한다.

심장이 아프다.

마음속 양심이 수천 개의 바늘이 되어 심장을 쑤셔대는 것 같았다.

"흐으으음……"

저절로 신음이 터져 나왔다.

불현듯 항산이 떠올랐다. 그리고 유청청도…….

그림 속의 세계, 그곳에서의 나날이 스치듯 지나갔다.

어떤 걱정도, 근심도 없었던 그곳의 생활이 미치도록 그리웠다. 청청도 보고 싶었다. 이제껏 깊게 간직해 온 비밀을 그녀에게만은 털어놓았었다. 숨김이 없다는 것이 얼마나 큰 기쁨인지 처음으로 깨달았던 시간들이었다.

그러나 현실 세계에서는 그 어느 누구에게도 고민을 털어놓을 수 없다.

"청청… 난 어찌하면 좋단 말이냐?"

그때였다.

"어이, 잠꼬대 정도는 속으로 해줄래. 청청인지, 창창인지

작작 좀 불러라."

손약란이었다.

과거에 그랬던 것처럼 방은 하나만 잡았다. 그런 풍천을 나무라지 않았다. 손약란을 보면 괴롭지만 또 보지 않는다는 건 스스로 비겁하다는 생각이 들었기 때문이다.

도유강은 대꾸하지 않았다.

손약란에게 화를 내고 싶지 않았다. 이미 마음속으로는 손약란을 죽일 수밖에 없다고 결정을 내린 상태라는 걸 자신이 더 잘 알고 있었다.

그런 자신이 미치도록 혐오스러워 견딜 수 없었다.

"흐으으음……."

옅은 흐느낌에 손약란이 자리를 박차고 일어났다.

"야! 시끄럽다고! 너 이 새끼, 설마 혼자 느끼고 있냐? 청청인가를 생각하면서 아주 절정에 이를 기세인데? 앙!"

확인이라도 할 양으로 달려와 이불을 확 젖혔다.

"어?"

손약란이 흠칫 놀라 반보 물러섰다.

"울어? 왜 울어? 너 주군이잖아."

그러다 바로 쯧쯧 혀를 찼다.

"에휴, 이 불쌍한 새끼를 어쩌누……. 너 청청이가 그렇게 보고 싶은 거야? 심장이 터질 것 같아? 못 견디겠어?"

도유강이 몸을 일으켰다.

"미안하다······."

달리 할 말이 없었다. 설명은 더더욱 할 수 없었다.

"응?"

"미안하다··· 진심으로······."

"뭐가?"

손약란이 반문하다가 아하! 하고 허벅지를 내려쳤다.

"너 정말 일편단심이로구나. 청청이 외에는 어렵다는 거야? 와아, 이거 잔혹한 줄로만 알았는데 의외로 순정파네."

손약란은 기특한 듯 도유강의 머리를 쓰다듬었다.

도유강이 그런 손약란을 와락 끌어안았다.

도유강은 앉아 있고 손약란은 선 채인지라 도유강의 얼굴은 손약란의 푹신한 가슴에 묻혔다.

"미안하다. 어쩔 수 없다. 내가 부족해서··· 너를 지켜줄 수 없어. 내가 힘이 없어서······."

손약란이 얼떨떨한 표정을 지었다.

"힘이 부족해? 정력이? 나를 좋아하긴 하는데 두 여자를 감당하긴 벅차다는 거냐?"

이렇게 오해하기도 힘들 것인데 손약란은 너무 먼 길을 가고 있었다. 그래도 그 오해를 풀어줄 수 없다.

"어쨌든······ 미안하다······."

"뭐 어쩔 수 없지. 그래도 미안하다는 말도 할 줄 알고 양심은 있는 놈이었구나. 어구구, 이 불쌍한 새끼··· 벌써부터 정력 걱정이나 하고……. 염려 마라, 내가 깔끔히 포기할 테니."

 손약란이 도유강의 등을 토닥거렸다.

 "자, 눈물 뚝! 이제 됐으니 그만 자도록 해. 나 배포 큰 여자야. 그 정도도 이해 못할까 봐!"

 손약란은 가슴을 쿵쿵 두드리기까지 하면서 자기 침상으로 돌아갔다.

 도유강의 끙끙거림은 나직이 이어졌다.

 손약란이 천장을 바라보며 혀를 찼다.

 "쯧쯧… 불쌍도 하지… 저러다 죽겠군."

 죽을 사람이 살 사람을 걱정하고 있었기에 도유강은 더욱 마음이 아팠다.

 손약란이 다시 중얼거렸다.

 "유강이가 날 진짜 좋아하긴 하나 보구나. 그나저나 유청청은 누굴까? 그년이 아주 독살 맞아서 두 번째 부인은 엄두도 못 내는 걸까? 아니지, 젠장할… 내가 뭐가 모자라서 두 번째 부인이야? 게다가 연신 미안하다는 말을 하는 걸 보면 정력도 모자란 놈인데 이건 내가 손해야. 평생 허벅지만 꼬집고 사는 것도 지긋지……."

 손약란의 말이 뚝 그쳤다.

 도유강으로서는 듣기 싫어도 들려오는 소리를 막을 수 없어 계속 듣고 있었던 참인데 갑자기 아무 소리도 들리지 않자 자책도 잊고 슬쩍 상체를 일으켰다.

초대장 257

손약란은 두 눈을 감고 편안한 표정인 것이 마치 잠든 것 같았다.

'설마… 자는 건가?'

그녀의 말은 다 끝난 것이 아니었다. 지긋지긋에서 '긋' 자도 끝내지 않고 바로 잠드는 건 있을 수 없는 일이었다. 졸린 듯 느릿하게 말하던 중이었다면 그만 잠들었나 하겠지만 손약란은 중얼거림치고는 지나칠 정도로 또랑또랑하게 말하고 있었다. 이는 마치 한참 경공을 펼치며 달리다 푹 고꾸라지면서 잠이 든 것과 다를 바 없었다.

'이 무슨 해괴한 일이란 말인가……'

외부의 침입자는 없었다. 주변은 지나칠 정도로 고요했다. 누군가 암습을 가했다는 건 말도 안 되는 억지였다.

확인해 볼까 싶었으나 이내 고개를 저었다.

속임수가 뻔했다. 걱정해서 달려가면 눈을 뜨고, 왁! 하고 깜짝 놀래키려는 우습지도 않은 장난을 칠 것 같았다. 그 뒤엔 역시 날 좋아하는 거였구나. 걱정했었어? 라며 깔깔깔 웃음을 터뜨리리라.

그 생각이 들자, 마음 한편이 우울해졌다.

죽을 줄도 모르고 아이 같은 장난을 치고 있는 손약란이 더욱 불쌍했다. 이용당한 것을 알게 되면 그녀의 표정이 어떻게 변할지, 마지막 죽음 직전에 그녀가 품을 원한이 얼마나 클지, 그리고 자신은 그 모습을 평생 기억하고 살아야 한다고 생각하자 다시 가슴에 통증이 일었다.

그렇게 일다경이 지났다.

장난치고는 시간이 길었다.

결국 도유강은 손약란 곁으로 다가갔다.

몸을 숙여 손약란의 얼굴을 들여다봤다.

순간 도유강은 소스라치게 놀라 두 걸음이나 뒤로 물러났다. 눈도 부릅뜨고 말았다.

"이… 미친……."

말도 안 되는 일이었다.

새근새근 옅은 숨결을 유지하며 손약란은 자고 있었다. 봉긋 솟은 가슴도 수면 상태에 걸맞게 미세하게 오르락내리락거렸다.

믿기 힘들었지만 손약란은 잠든 것이 확실했다.

"하아… 손약란… 너란 존재는 불가사의하구나."

내일 아침 죽음을 맞이할 사람이라면 적어도 불안한 기미는 보여야 정상이다. 도축이 예정된 소도 죽음의 징후에 불안해한다고 하지 않던가 말이다. 정녕 내일 죽는 사람이 이래선 안 되는 것이다.

양심의 가책이라도 더 받게 악몽이라도 꾸며 소리라도 질러주어야 한다. 그러나 여전히 들리는 소리는 새근거리는 숨소리뿐이었다.

이 정도의 숙면이면 잠자는 능력이 가히 신의 경지라 할 만

했다. 불면증은 평생 끼어들 여지가 없을 것 같았다.

혹시 몰라 뺨을 두드려 보았다. 숨결에 변함이 없었다. 당장 업어가도, 누군가 나쁜 마음을 먹고 옷을 벗기고 몸을 주무른다고 해도 모를 성싶었다.

그때였다.

쾅!

문이 거칠게 열렸다. 문짝이 절반이나 떨어져 나갔다.

도유강이 반사적으로 방어 자세를 취했다.

그러나 들어온 이는 풍천이었다.

"무슨 일이냐?"

풍천이 이유도 없이 문을 부술 듯 열 리 없었다. 그렇게 하기엔 충성심이 지나쳤다.

풍천이 말했다.

"주군, 마을 전체에 강력한 수면독이 살포되었습니다. 이 마을은 이미 사람은 물론이고, 심지어 풀벌레들까지 잠들어 있는 상태입니다."

"수면독?"

도유강이 손약란을 바라봤다. 비로소 상황이 이해되었다. 손약란은 무방비 상태로 당하고 만 것이다.

"누구의 짓이냐? 적은 어디에 있느냐?"

"당가의 소행이라 짐작하고 있습니다. 적사령주가 끝내 삶을 포기한 듯합니다."

풍천이 적사령주를 이미 죽은 목숨 취급했다. 그러나 그보다는 앞의 말이 신경을 긁었다.

"당가의 소행 같다? 독을 살포한 자들을 확인하지 못했다는 것이냐?"

"그들은 마을 외곽 사방에서 일제히 하독한 후 자취를 감추었습니다. 소인이 상황을 인지하고 주변을 둘러보았을 때는 당가의 누구도 찾을 수 없었습니다."

풍천은 그들을 쫓을 수 있었을 것이다. 하나 혹여 다른 암계가 이중으로 펼쳐져 있을 것을 우려해 주변만 살피고 돌아온 것이 분명했다.

당가의 뜻은 명확하고 간단했다.

도유강은 짜증이 확 일었다.

"초대장이로구나."

적사령주는 자신과 풍천에게 독이 소용없다는 것을 알고 있다. 그럼에도 독을 살포한 것은 일행 중 독에 취약한 자가 있음을 노린 것이었다. 그에게 해독약을 달라고 했던 것이 이차 독공의 빌미를 제공한 셈이었다.

비록 빼앗은 해독약 주머니가 있으나 의미는 없으리라. 바보가 아닌 이상 해독 가능한 독을 살포했을 리는 만무했다.

게다가 모습을 드러내지 않은 건 직접 당가로 찾아오라는 뜻이었다.

"주군, 초대장이 아닙니다. 죽여달라고 사정하는 것에 불과합니다."

풍천이 저승사자처럼 나직한 목소리로 정정해 주었다.

도유강은 내심 탄식했다.

'이번엔 사천당가인가……'

이 강호라는 곳은 대충대충 넘어가는 일이 없었다. 특히 당가는 은혜와 원한을 잊지 않는 걸로 이름 높았다. 은혜와 원한을 열 배로 갚아준다. 그것은 당가의 전통이었다.

그러나 문제는 당가가 아니었다.

당가는 상대를 잘못 골랐다. 원한을 갚을 곳이 마교라면 일은 꼬이게 마련인 것이다.

마교는 애초 은혜 따윈 신경 쓰지 않는다.

그러나 원한만큼은 열 배가 아니라 천 배, 만 배까지 갚고야 만다.

멀리 갈 것도 없다.

눈앞에 표본이 있다.

마교 중 마교!

마인 중 마인!

머리부터 발끝까지 마교도!

풍천이 이곳에 있는 것이다.

'휴우, 정녕 끝이 없구나.'

도유강은 땅이 꺼져라 한숨을 내쉬었다. 강호에 나와 한숨을 너무 내쉬고 있다. 정말이지 하루하루 살며 한숨 쉬는 것

말고 다른 걸 해보고 싶다.

"주군, 당가로 가시지요. 손약란은 안배를 취하심에 반드시 필요한 존재입니다. 당가가 반항한다면 이 기회에 당가를 멸하는 것도 고려해 주십시오."

풍천이 씩씩하게 말했다.

신이 나 보이는 건 착각인 걸까?

무표정 안쪽으로 잘됐다, 라고 회심의 미소를 짓고 있는 듯 보였다.

아무래도 이놈은 일전에 말한 '겸사겸사 천하제패'를 하려는 것 같았다.

"휴우……."

다시 한숨이 터져 나왔다.

*   *   *

호화로운 전각 앞에 한 노인이 서 있었다.

구름이 물러가 달빛이 드러나며 노인을 비췄다.

백발에 흰 수염, 굴곡진 매부리코, 사나워 보이는 독수리의 눈이 여실히 드러났다. 그는 그저 서 있는 것에 불과했거늘 위엄이 절로 그의 곁을 맴돌았다.

천하가 만독천침자(萬毒天針子)라 부르는 당가의 가주 당종학이었다.

만독천침자가 살며시 고개를 들었다.

그의 두 눈은 일반 사람과 달랐다. 아니, 특별했다. 누구나 사람이라면 흰자위와 검은 눈동자가 구별되게 마련인데 흰자위가 있어야 할 부분까지 검은 눈동자로 채워져 있었다.

깊은 늪, 지옥의 심연 같은 어둠이었다.

"어서 오라."

그의 시선이 닿는 곳에서 검은 그림자가 공간을 가르며 다가왔다. 이내 검은 그림자가 만독천침자 앞에 부복했다.

"흑전령주가 가주님을 뵙습니다."

"말하라."

"초대장은 무사히 전달했습니다. 혼취산으로 마을 전체를 잠재웠으며, 예상했던 대로 심복으로 보이는 자는 혼취산에 중독되지 않았습니다. 미루어 짐작컨대 애송이 또한 독에 중독되지 않았을 것으로 사료됩니다."

"후후후, 어떤 자들인지 사뭇 기대가 되는구나. 반 시진이면 되겠느냐?"

"그들이 독공을 연마한 고수인데다 적사령주와 사혼을 어렵지 않게 제압한 것을 감안할 때 반 시진이면 도착할 것으로 보입니다."

"맞이할 준비는?"

"인상착의를 아는 적사령주가 그들을 정문에서 공손히 맞이하기로 하였습니다. 그들이 연못 위 구름다리를 건널 때 백무혼천진을 발동할 것입니다. 진법 안에서 그들을 다치지 않게 제압한 후엔 천수독의가 그들을 해부할 것입니다."

"아니다."

만독천침자가 고개를 저었다.

"그 둘은 독문이 아니면 화용문의 사람일 터. 절혼독을 무마시킬 정도면 본좌 또한 호기심이 이는구나. 그들은 내 직접 해부하여 경락과 독공의 운용을 살펴볼 것이다. 천수독의에게 내 뜻을 전하라."

"그리하겠습니다."

"반 시진이라… 기대되는구나. 신경 하나하나까지 살아 있는 채로 해부를 당한다면 정녕 죽고 싶다는 소원이 무슨 의미인지 알게 되겠지……."

흑전령주가 어깨를 부르르 떨었다. 자신도 모르게 그 모습을 상상하고 만 것이다.

적들은 운이 없는 자들이었다. 하필 배신자—정체는 독문(毒門)의 첩자로 밝혀졌다—가 당가의 비전독공의 심결이 담긴 화룡도를 훔쳐 달아난 때와 상황이 겹친 것이다. 다행히 백혼령주가 화룡도를 되찾고, 배신자를 처단하였으나 가주의 분노는 아직 가라앉지 않았다.

흑전령주가 애써 마음을 진정하고 말했다.

"가주님, 바람이 찹니다. 안으로 드시지요."

찬바람이 당가의 가주를 어찌하진 못한다. 그저 섬기는 자로서 예를 표한 말이었다.

만독천침자가 고개를 저었다.

입가에 기괴한 미소가 걸려 있었다. 온통 검은 눈동자와 어우러진 미소는 섬뜩하기 이를 데 없었다.

"아니다. 귀한 해부체거늘 내 어찌 편히 쉬며 기다릴 수 있겠느냐. 나는 그들이 올 때까지 이 자리에서 단 한 걸음도 움직이지 않고 서서 맞이할 것이다. 내 뜻은 단호하다!"

당가 가주의 한마디는 만금보다 무겁다.

흑전령주는 가주가 지금껏 아무리 사소한 말이라도 한 번 뱉어낸 말을 철저하게 지켜왔음을 잘 알고 있었다.

가주가 이미 말을 꺼낸 이상, 그자들이 올 때까지는 하나의 석상이 되어 있으실 터. 그도 그에 걸맞게 움직여야 할 때였다.

"속하, 그들을 맞이할 준비를 하겠습니다."

"그리하라."

흑전령주가 머리를 조아리고 어둠 속으로 사라졌다.

만독천침자가 밤하늘을 응시했다.

구름 사이로 별들이 반짝였다.

그가 나직이 중얼거렸다.

"천하여… 별이여, 어둠이여… 들리는가… 당가에 원한을 산 자가 어찌 다음날 해를 볼 수 있겠느냐. 그들이 독문이라 해도 피할 수 없는 일. 그렇지 않은가?"

*　　　*　　　*

풍천이 손약란의 머리채를 움켜잡았다.
"주군, 지금 출발하셔야 합니다."
깊이 잠든 손약란의 상체가 들렸다.
도유강이 눈을 부릅떴다.
"뭐 하는 짓이냐?"
무범촌 용운장 장주의 아들 때도 저런 식으로 붙잡고 경공을 펼치는 바람에 대머리를 만들었던 풍천이었다.
"손약란을 데려가야 합니다."
"그런데 왜 머리채를 움켜쥐냔 말이다!"
"주군, 머리카락은 또 자라게 마련입니다. 하지만 주군을 모시듯 손약란을 업을 순 없습니다."
"손 놔라."
어차피 죽을 몸이라지만 아름다운 모습만은 지켜주고 싶었다. 죽어 처녀귀신에, 대머리 귀신까지 된다면 그보다 서러운 것은 없을 것이다.
"주군······."
"손 놓지 못해!"
고함을 지르고 나서야 풍천이 손을 풀었다. 그러나 아직 포기하지 않았는지 어디 잡을 곳이 없나 하고 튀어나온 곳들에 손을 가져갔다 거뒀다 했다.

손약란은 그런 줄도 모르고 그저 깊이 잠들어 있었다.

그 순간이었다.

"어!"

한줄기 섬광이 뇌리를 관통했다. 슬픔에 대한, 자책에 대한 해답이었다.

풍천이 물었다.

"주군, 왜 그러시는지요?"

"묻고 싶은 것이 있다."

"말씀하십시오."

"세 번째 안배의 길목에서 여인의 순음지기는 어떻게 적용되느냐?"

"가로막는 석문이 있습니다. 석문이지만 석문이 아니고, 석문이 아니지만 또한 석문입니다. 남자는 결코 지나갈 수 없는 문입니다. 하나 순음지기의 여인, 즉 처녀성을 간직한 여인은 석문을 통과합니다. 그 뒤 오 초간 석문은 누구라도 받아들이는 상태가 됩니다."

"확실한 것이냐? 그것이 전부냐 말이다!"

"그렇습니다. 단지 그뿐입니다. 그러나 주군, 지금 중요한 문제는 당가로 가서 해독제를 취하고, 혹독한 처벌을 가해야 한다는 것입니다."

"하하하하하하!"

돌연 도유강이 웃음을 터뜨렸다. 통쾌함이 깃든 광소였다.

"하하하하하, 길을 찾았다. 길을 찾았어!"

풍천이 흠칫 몸을 떨었다.

"주군, 갑자기 무슨 소리십니까? 어디 편찮으신 것은 아니신지요?"

도유강이 웃음을 뚝 그쳤다.

풍천의 말인즉 혹시 돌아버린 것은 아니냐는 말이었다.

도유강이 고함을 내질렀다.

"닥쳐라! 사람 죽일 생각밖에 없는 미친놈아!"

"……."

풍천이 더욱 의심스럽게 바라봤다.

도유강은 이글거리는 눈으로 말했다.

"손약란을 죽일 필요가 없어졌다. 애초에 아무 문제도 아니었던 것이다. 그저 앞세우기만 하는 것이라면 손약란이 굳이 깨어 있지 않아도 되기 때문이다."

풍천이 고개를 갸웃했다.

도유강이 말을 이었다.

"지금 비록 수면독에 취해 있으나 수혈을 짚어 강제로 잠들게 했다 해도 석문을 열 때 손약란이 보거나 들을 수 있는 것은 아무것도 없다는 뜻이다. 비동에 들어도 비동에 대해 아무것도 모르니 죽일 필요가 없어진다는 뜻이다. 그런데도 네놈은 반드시 죽여야만 한다고 생각하고 있었다. 조금만 생각해 보면 쉬운 길이 있음에도 그저 지나쳐 버린 것이 아니냐!"

풍천의 안색이 침중해졌다.

그와 함께 방 안의 공기도 무거워졌다.

도유강은 괜히 불안해졌다. 혹시라도 반드시 죽여야만 하는 뭔가가 또 있다는 말이 당장에라도 튀어나올 것 같았다. 아니면 너무 화를 낸 것에 불만을 품었는지도 모른다.

"왜, 왜 그러느냐?"

참아라, 때릴 테냐, 라는 말은 자존심 때문에 겨우 삼켰다.

풍천이 말했다.

"주군……."

"……?"

"소인은 왜 그 생각을 못했을까요?"

"뭐라고?"

도유강은 어처구니가 없었다. 이놈은 확실히 정상이 아니었다. 치밀한가 싶으면 미련하고, 엉성한가 싶으면 정교했다.

풍천이 그 생각을 못한 이유야 간단했다.

풍천에게 한 여자의 목숨은 먼지 한 톨처럼 아무것도 아니기 때문이다. 도리어 지존의 길에 희생당하는 것은 숭고하다고까지 생각하고 있을 테니 애초에 희생이 아니라 영광이란 생각이리라.

도유강은, 자책할 필요 없다, 는 말을 하려다 말았다. 풍천이 자책할 리가 없었다.

그 대신,

"몰입이란 사람을 편협하게 만들지. 사천당가가 아니었다면 나 또한 네게 자세한 내용을 물을 생각을 못했을 것이다."

당가가 고맙기까지 했다. 손약란이 수면독에 당하지 않았다면 깨어 있는 채로 손약란과 동행하게 되었을 것이다.

"주군, 손약란은 차치하고라도 당가는 손을 봐야 합니다."

도유강은 고개를 저었다.

최대한 소란은 배제해야 한다. 비록 당가가 엮이고 말았으나 수면독이라면 시간이 지나면 저절로 깨어나게 될 것이므로 해를 입은 것이라고 볼 수 없었다.

"아니다. 당가는 추후로 미룬다. 모든 것을 이룬 후 돌아봐도 늦지 않다. 우선은 비동에 드는 것이 최우선이다."

도유강은 즉시 풍천과 탁자에 마주 앉았다.

"자세한 경로를 듣고 싶다."

"존명!"

풍천이 품에서 붉은색 막대를 꺼냈다.

오태산 녹림총채에서 보았던 손가락 두 마디 크기의 그 막대였다. 그때처럼 풍천이 막대의 양끝을 바깥으로 잡아당기자, 차르르 소리와 함께 두 자 길이로 늘어났다.

딸각.

막대가 활짝 펼쳐졌다. 지주봉의 모습이 보였다.

풍천이 다시 접었다가 폈다.

차르륵.

환상처럼 전혀 다른 지도가 모습을 드러냈다.

"주군, 이곳입니다."

풍천이 중앙 쪽의 삼각형 표시를 가리켰다. 깨알 같은 글씨였다.

"자공산 심운봉? 오태산 지주봉 비동과 흡사한 것처럼 보이는구나."

"그보다는 조금 더 까다롭습니다. 세 번째 비동은 심운봉 정상에 고송 한 그루가 있사온데 그 지점으로부터 일직선으로 허공을 걷도록 되어 있습니다."

도유강이 눈을 휘둥그레 떴다.

"허공을 걷는다고? 능공허도의 경지에 이르지 않았거늘 내 어찌 허공을 걸을 수 있단 말이냐?"

"지주비동에서 보셨던 것과 비슷합니다. 지주비동은 존재하나 투명한 상태로 비동을 은닉한 것처럼 이 허공 또한 실제로는 투명한 길이 존재합니다."

"오호, 놀랍구나."

도유강은 진심으로 감탄했다.

안배는 그 기이함이 뒤로 갈수록 신비스러움을 더해갔다. 그건 마치 안배의 무공이 뒤로 갈수록 점점 더 강한 무공이 남겨진 것처럼 안배를 남긴 자의 능력이 그만큼 더 고절해져 안배의 장치가 더 치밀해지는 것 같았다.

"놀라운 일이다. 영문을 모르는 자들은 허공을 걷는다고 생각할 것이 아니냐."

"주군, 그전에 숙지하셔야 할 부분이 있습니다. 그 길은 알고 있다 하여도 걸을 수 없는 길입니다."

"걸을 수 없다?"

"그렇습니다. 그 길은 진법의 묘용으로 이루어져 일보일보가 법칙에 따라 걸었을 때에라야 비로소 비동에 이를 수 있기 때문입니다."

"으음, 비동에 대해 알았다 해도 묘용을 모른다면 천 길 낭떠러지로 추락하고 만다는 것이로구나."

"그러합니다. 소인 또한 그 묘용을 알아냄에 있어 열일곱 번에 걸쳐 추락하였고, 그중 한 번은 진법의 기세에 휘말려 죽을 뻔하기도 했습니다. 보행의 법칙을 모르는 자라면 어느 누구도 살아남을 수 없는 죽음의 봉우리요, 죽음의 비동이 되고 마는 곳입니다."

도유강은 자못 심각해졌고, 풍천은 보행의 법칙에 대해 말을 이었다.

"처음 일 보(一步)를 앞으로 나아가고, 다시 일 보를 물러섭니다. 만약 일 보를 물러서지 않고 이 보(二步)째를 딛는다면 그 순간 끝없는 절벽 아래로 추락하게 됩니다. 그러나 일 보를 물러서게 되면 그 자리에서 다시 삼 보(三步)를 나아갈 수 있게 됩니다. 그 후엔 다시 이 보를 물러서야 합니다. 그리고……."

도유강은 바로 이해했다.

홀수로 나아가고, 물러섬은 일, 이, 삼, 순서대로 이어지는 것이었다.

"오 보(五步)를 딛게 되겠구나. 그리고 물러섬은 삼 보(三步)일 테고."

"주군, 죄송한 말씀이나 그것은 곧 추락입니다. 소인이 그 생각을 하고 삼 보를 물러섰을 때가 열여섯 번째의 추락이었습니다. 답은 다시 일 보를 물러서는 것입니다. 여러 번의 시행착오 끝에 얻어낸 보행의 법칙은 나아감은 홀수로 증가하고, 물러섬은 일 보와 이 보의 반복이라는 것입니다. 그러길 이십일 보째가 되면 비동의 입구에 이르게 되십니다."

"흠, 모든 비밀은 역시 알고 나면 간단하구나. 한 가지 궁금한 것이 있다. 이십일 보라면 굳이 걷지 않아도 신형을 한 번 도약하는 것으로 건너뛰기에 충분하지 않느냐?"

"주군, 소인이 제일 처음 시도한 방법이 그것이었습니다. 또한 그때가 소인이 죽을 뻔했을 때이기도 했습니다. 녹림왕이나 동정용왕 정도였다면 죽고 말았을 것입니다."

풍천은 차마 '주군께선 죽고 맙니다'라는 말을 할 수 없었는지 에둘러 말했다.

도유강이 고개를 끄덕였다.

"역시 순리대로 가야겠지. 이십일 보째를 딛게 되면 존재하지 않으나 존재하는 석문이 나타나는 것이냐?"

"영명하십니다. 거대한 석문은 만지면 만져지고, 돌의 감촉, 돌의 내음까지 고스란히 느낄 수 있으나 부술 수도 없고, 부서지지도 않습니다. 애초에 존재하지 않기 때문입니다. 그러나 또 존재하여 가로막고 있으니 기괴망측하다 할 수 있습니다."

"오로지 순음지체만으로 그 길을 열 수 있다니. 진정 기괴하구나."

정녕 오묘했고, 한편으로는 고약한 자라 할 만했다.

만약 누군가 투명한 허공 길의 보행 법칙을 알았다 해도 그는 꿈을 이루지 못하고 죽고 말 것이 틀림없었다. 평생 망치로 존재하지도 않는 석문을 부수려다 한 생애를 보내게 될 테니 말이다.

"그 안에서 얻어야 할 것은 무엇이냐?"

"천룡도(天龍刀)와 도법입니다."

"천룡도? 절학은 어쩔 수 없다지만 왜 신병이기를 그곳에 남겨두었느냐? 신병이기 또한 외부로 반출이 불가능하다는 것이냐?"

"네, 그렇습니다. 천룡도는 예기로는 주군께서 지니신 혼강과 버금가나 기이하게도 영성을 띠고 있는 신병입니다."

"영성?"

"네, 천룡도법을 익혔을 때라야 비로소 천룡도는 그를 주인으로 인정하게 됩니다. 천룡도법이 없이는 천룡도를 쥘 수조차 없습니다. 또한 그 주인이 운명을 달리할 때는 저절로 비동으로 돌아와 다음 주인을 기다리며 원래의 자리인 중앙 석벽의 공간에 꽂혀 있게 됩니다."

"흐음… 한낱 쇳덩이가 영성을 띠게 되다니… 기괴하기 이를 데 없구나."

도유강은 마교의 보물 중의 보물, 신물 중의 신물인 두 자루의 혼강을 지니고 있었다. 쇠와 돌을 두부 자르듯 하는 혼강이지만 주인을 가려 섬기는 영성은 없었다.

감탄하던 도유강은 문득 호기심이 일었다.

"역대 무림사에서 천룡도를 취한 자는 누구였느냐?"

풍천이 머리를 조아렸다.

"주군, 용서하십시오. 소인이 아는 바는 오로지 주군께서 천룡도의 영원한 주인이 되실 것이라는 사실 한 가지뿐입니다."

대답은 역시 마음에 들지 않았다. 하지만 더 채근한다고 제대로 된 대답을 할 것 같지도 않았다. 어차피 호기심에서 물어본 것이라 넘어가기로 했다. 천하제패를 할 것도 아니지 않은가.

단지 천룡도가 그 영성에 걸맞게 신비스러운 힘으로 풍천을 누를 수 있길 바랄 뿐이었다.

"주군, 한 가지 중요한 사안이 있습니다."

중요한 사안? 안배 자체가 중요하거늘 또 중요한 사안이란 것은 뭐란 말인가.

"무엇이냐?"

"세 번째 안배부터는 그 절학을 익힘에 더욱 심혈을 기울이셔야 합니다. 앞선 안배와 달리 세 번째부터는 그 절학마다 상호 보완하며 종국에는 결국 거대한 신공절학을 이루기 때문입니다."

"으음… 그런 묘용이 있었구나. 그 조각 중 하나라도 얻지 못하면 어찌 되느냐?"

"그것으로 끝입니다. 지나온 길조차 아무 의미도 없게 되고 맙니다. 그러나 그런 일은 벌어질 수 없습니다. 안배는 철통 같은 보안 속에 있으며, 사전에 모든 경우의 수까지 감안해 두었기 때문입니다. 이 말씀을 드린 것은 염려 때문이 아닙니다. 단지 그런 의미가 있다는 점을 설명드리는 것이 옳다고 판단했기 때문입니다."

도유강이 고개를 끄덕였다.

안배에 문제가 생길 수는 없을 것이다. 청파검은 안배의 비밀 때문에 마옥에 갇혀 있는 것이며, 손약란 또한 같은 이유로 죽이려고까지 하지 않았던가.

달라진 것은 없었다. 속히 안배를 취하는 것만이 변함없는 탈출구였다.

"알겠다. 동이 틀 때 출발할 터이니 너는 돌아가 쉬도록 하라."

"존명!"

풍천이 문을 나섰다.
도유강은 손약란에게 다가갔다.
손약란은 갓난아기처럼 편안히 새근거리며 잠들어 있었다.
절로 미소가 떠올랐다.
죄책감에 시달렸던 것이 우습게 느껴졌다.
'다행이다, 다행이야……'
누군가를, 그것도 가깝게 지내던 사람을—비록 그 사람이 욕쟁이일지라도—희생하면서까지 꿈을 이루는 것은 할 짓이 아니었다. 죄의식이 먼지처럼 날아가며 마음이 가벼워졌다.
사천당가도 신경 쓰지 않으면 그만이었다.
초대장을 보낸 것은 당가의 마음이겠으나 초대에 응하지 않는다면 그것도 감당할 수 있어야 한다.
도유강은 이불을 잘 덮어주고, 풍천이 잡아채는 바람에 흐트러진 머리카락을 곱게 쓸어내렸다.
'분란은 최소화하고, 목적한 바를 이루자. 만약 이번에 풍천을 넘지 못한다 해도 이 속도라면 일 년 안에는 해남도에 가 있을 것이다.'

第十二章
천이통

전전긍긍
마교교주

좌정한 무영신투는 죽은 듯 미동도 없었다.
부취객은 그 앞에서 짜증스런 얼굴로 바라보고 있었다.
벌써 반 시진이 흐르고 있다.
처음엔 신기했다.
귀고리를 한 것도 아닌데 선배의 양쪽 귓불 부분이 푸르스름한 광채를 발했기 때문이었다.
말로만 들었던 천이통(天耳通)이었다.
천 리 밖의 소리까지 잡아낸다는 천이통!
과연 도계 서열 일위다운 절학이었다.
그러나 그것도 점점 지루해져 가고 있었다. 아니, 이건 지루함의 문제가 아니다. 은형지둔을 펼쳤다곤 해도 한곳에서 지나치게 오래 있었다. 이쯤 되면 누구에게라도 노출될 확률이 높아져 간다.

야명주를 훔친 두 놈은 역시 소란꾼들이었다.

상종해선 안 되는 부류의 인간들이었다.

여태까지 지나온 경로 자체가 난장판이거늘 사천성에 이르기 무섭게 당가와 마찰을 빚었다.

비록 당가가 먼저 시비를 걸었다고 해도 사천 바닥에서 맞대응을 그렇게 해선 안 되는 것이었다. 그 결과 당가는 수면독으로 마을을 잠재우면서까지 두 놈을 초대했다.

이쯤 되면 인간 재앙인 것이다.

혼란과 분쟁의 사자(使者)!

운명에 마가 낀 악마(惡魔)!

상황이 복잡하게 꼬이려 하자, 신투 선배는 대뜸 놈들의 의중을 파악한다면서 천이통을 부리기 시작했다.

그 시간이 벌써 반 시진(한 시간)이었다.

아무리 봐도 천이통이 다른 쪽으로 쓰이고 있는 듯 보였다. 어떤 피 끓는 청춘 남녀가 쾌락에 몸부림치며 운우지락을 즐기는 소리에 귀를 기울이고 있는 것이 틀림없었다.

'이, 변태 늙은이야, 작작 좀 하자고. 여인의 교태 섞인 비음 소리 따윈 여유있을 때 즐기란 말이오.'

부취객이 마음속으로 투덜거릴 때였다.

"후우……."

무영신투가 옅게 숨을 내쉬며 눈을 떴다. 푸르스름하던 귓불도 원래대로 돌아왔다.

부취객이 반색하며 전음을 날렸다.

[선배, 돌아왔구려. 어? 뭐야? 이런 젠장… 선배 눈이… 역시 내 생각이 맞았구려.]

부취객이 얼굴을 일그러뜨렸다.

무영신투의 두 눈이 욕망으로 번들거렸기 때문이다.

무영신투가 사악하게 웃었다.

[내 눈이 어떻다는 것이냐?]

[욕망의 화신 같소. 어찌나 번들거리는지 모기가 내려앉아도 미끄러져 버릴 것 같단 말이오.]

[후후후, 그만한 이유가 있다. 일단 자리를 옮기자. 너무 한곳에 오래 머물렀다.]

[듣던 중 반가운 소리요. 도대체 얼마나 교태 넘치는 여자였는지 나조차 궁금해지는구려.]

곧 자리를 옮겨 두 사람은 은형지둔을 펼쳤다.

부취객이 물었다.

[선배, 도대체 얼마나 끝내주는 여자였던 게요?]

[끝내주더구나. 그 한마디 한마디에 심장이 터져 버리는 줄 알았다.]

[뜸만 들이지 말고 제대로 말 좀 해보시오.]

[농담은 이쯤해 두자. 헛된 시간이 아니었다. 그놈들의 긴 대화를 모조리 엿들었다.]

[반 시진 동안이나 말이오?]

[그래, 역시나 그 두 놈이 천위칠군의 야명주를 훔친 놈들이었다.]

[선배, 개가 풀 뜯어먹는 소리구려. 그건 이미 알고 있는 일 아니오.]

[선배에게 말하는 꼬라지하고는…….]

[뻔한 이야기를 진지하게 하니까 그렇잖소.]

[정황을 유추한 것과 놈들이 직접 고백한 것과는 하늘과 땅의 차이다. 이제부터 하는 말은 매우 중요하니 닥치고 듣기나 해라.]

무영신투가 눈을 빛냈기에 부취객도 타박하지 않고 귀를 기울였다.

[놈들이 사천에 온 것은 다름이 아니라 또 다른 보물을 찾기 위해서였다.]

[에에?]

부취객이 눈을 휘둥그레 떴다.

무영신투는 곧바로 천이통을 발휘해 엿들었던 내용을 빠짐없이 설명했다.

미간을 좁히고 진지하게 듣던 부취객의 입이 서서히 벌어졌다. 급기야 이야기의 끝에선 흥분으로 손을 떨고, 눈은 무영신투의 눈처럼 욕망으로 번들거렸다.

[선배, 존경합니다.]

부취객이 무영신투의 손을 덥석 잡았다.

[손 치워라, 싸대기 날리기 전에.]

[선배, 천룡도라니, 솔직히 듣고도 믿기 힘들 정도요.]

[그렇지. 천룡도는 무려 신성무혼 백무결이 사용하던 절대신병 두 가지 중 하나가 아니냐. 그뿐 아니라 천룡도를 부릴 수 있는 천룡도법까지 고스란히 남아 있다니 세상 그 무엇에 비할 수 있겠느냐. 나나 네놈이나 지닌바 보물이 많다 해도 천룡도에 비할 순 없는 노릇이 아니냔 말이다.]

[두 번 말하면 입 아플 소리지요. 그런데 그 두 놈의 정체가 무엇인지 알아낸 게 있습니까?]

[흐음, 그건 아직이다.]

[천위칠군의 보물에 이어 신성무혼의 신병까지 훔치려는 자들이오. 게다가 비동까지 접근하는 세세한 비밀까지 알아낸 것을 보면 보통 놈들이 아니지 않겠소?]

무영신투도 턱을 어루만지며 고민에 빠졌다.

하지만 아무리 머리를 굴려봐도 두 놈의 근본은 아리송할 따름이었다. 그저 도둑놈이라기엔 배포가 크고, 만사 일 처리가 화끈하다 못해 분란을 생산해 내는 데 탁월했다.

세상에 각종 정보와 무림인들의 신상에 밝은 그였지만 그 두 놈만큼은 하늘에서 뚝 떨어져 내린 것처럼 아무것도 유추해 낼 수 없었다.

[그 문제는 나중에 생각하자. 정체를 안다고 우리가 천룡도를 취한다는 사실에는 변함이 없으니.]

[그렇지요. 언제 움직이실 겁니까?]

[바로 지금! 놈들은 아침 일찍 출발한다고 했으니 우린 이 밤을 도와 전력으로 달려가야 한다. 빠르면 빠를수록 좋지. 흐흐흐, 그 두 놈이 허탈해하는 모습을 상상하니 벌써부터 흐뭇해지는구나.]

[후후후, 우리를 골탕먹였으니 두 놈도 당해봐야지요. 근데 선배?]

[왜?]

[출발하기 전에 정리정돈은 하고 갑시다.]

부취객이 날 선 검처럼 눈을 빛냈다.

[정리정돈이라니!]

무영신투가 서늘하게 맞받았다.

[천룡도를 독차지할 생각은 아니겠지요?]

[허허, 이놈이 배라도 쑤실 기세네. 숨김없이 큰 비밀을 다 알려주니 감히 내 천룡도를 탐해?]

말은 대수롭지 않게 했으나 무영신투의 전신에서는 은은히 살기가 흘러나왔다.

부취객이 바로 눈을 내리깔았다.

[나도 염치는 있소. 천룡도는 마땅히 선배가 차지해야죠.

대신 도법은 나도 익힐 수 있도록 해주시오.]

무영신투가 살기를 거두었다.

[흠, 그것이라면 나쁘지 않군. 그게 가능하다면 그리하겠다. 뭐, 영원히 천위칠군에게 쫓겨 다닐 수는 없는 노릇이니.]

[제 말이 그 말이외다.]

[좋다. 이제 출발하자. 숫처녀부터 찾아야 하니 서둘러야 한다. 비동에 들면 보물이 더 있을 수 있으니 그건 육 대 사로 배분해 주마.]

[고맙소, 선배! 근데 숫처녀는 어떻게 구분하오?]

[응?]

무영신투가 고개를 갸웃했다.

달빛을 받은 소나무는 그 기개가 늠름하기 짝이 없었다.

"소나무다, 소나무!"

노송 앞에서 무영신투가 펄쩍펄쩍 뛰었다.

자공산 심운봉 정상에 소나무 한 그루가 굳건히 서 있었다. 이로써 천이통으로 엿들은 내용은 사실이 되었다.

"선배, 호들갑 떨지 마시오."

도리어 부취객이 선배인 양 책망하고는 투덜거렸다.

"아, 젠장… 엄청 무겁네. 하필이면 뚱보 처녀란 말이오."

부취객의 어깨에는 부취객보다 두 배쯤은 큰 덩치의 여인이 걸쳐져 있었다. 언뜻 봐선 사람이 아니라 큰 젖소를 짊어진 모습이었다.
 무영신투가 킬킬거렸다.
 "시간이 촉박한데 어떻게 처녀인지 아닌지 분별하겠느냐. 저 정도 뚱보면 처녀일 수밖에 없는 게지. 그렇다고 어린 여자애를 잡아올 수는 없지 않느냐. 내가 비록 도둑놈이지만 천벌은 사양하고 싶다."
 "이왕 데려온 거니 어쩔 수 없다 치지만 다시 돌려놓을 땐 선배가 들어야 하오."
 "이 공경심이 결여된 놈아, 인간 좀 되어라."
 "무거운데 어쩌란 말이오. 몸무게가 결여된 처녀를 놔두고 인간 소를 택한 것이 선배잖소."
 "객쩍은 소리 그만하고 움직이자. 천룡도가 눈앞에 있는데 몸무게 타령이라니. 한심한 놈 같으니."
 "알았소."
 "전진은 홀수로 증가하고, 후퇴는 일 보와 이 보의 반복이다. 명심해라."
 "선배가 앞장서시오. 난 정녕 저 허공에 길이 있다는 것이 믿기지 않소."
 사위는 고요하고 깊은 어둠에 잠겨 있었다. 그래서인지 부취객은 더욱 절벽 너머의 빈 공간에 길이 있다는 사실을 받아들이기가 힘들었다.
 무영신투가 성큼 절벽 끝자락에 섰다.

"천년 영초에는 수호 영물이 있고, 최상급의 보물에는 위험이 따르게 마련이지. 염려 붙들어매라. 첫걸음을 떼보면 답을 알 수 있다."

슥!

무영신투가 허공에 일 보를 내딛었다.

혹시 몰라 몸의 중심은 뒤쪽 발에 두고 앞으로 내민 발은 언제든지 회수할 수 있도록 했다.

"헉!"

무영신투가 급히 발을 거뒀다.

"선배, 왜 그러시오?"

"비어 있다. 염병할, 길이 없다고!"

무영신투의 표정은 당장 울 것같이 되고 말았다.

부취객이 나섰다.

"선배, 이 젖소 좀 들고 계시오. 내가 해보겠소."

동의도 구하지 않고 젖소를 획 던져 버렸다.

부취객이 허공을 향해 한 걸음을 뗐다.

저벅!

부취객의 오른발이 정확히 허공을 딛은 채로 멈췄다.

왼발은 절벽 끝에, 오른발은 허공을 딛고 있어 신비하기 이를 데 없었다. 또 한편으로는 마치 자살하기 직전 시간이 멈춘 것 같은 모습 같기도 했다.

무영신투의 눈이 휘둥그레졌다.

"나, 나는 왜 안 되고… 너는 되는 것이냐? 왜 천룡도가 너만 편애하냐고! 늙은 것도 서러운데 내가 뭘 잘못했다고!"

"선배, 누가 만들었는지 경이롭구려. 선배, 답은 무게인 듯하오. 정확히 일 보를 내딛었을 때, 무게 중심이 실려야 하는 거지요. 만약 어떤 겁쟁이가 발만 내밀어 확인해 보려 하면 그 겁쟁이는 아마 속았다고 생각할 것이란 말이오. 크크크, 내 말 알겠소? 선배가 겁쟁이란 말이지요."

무영신투가 따라 웃었다.

"하하하하, 오냐. 기특한 녀석. 오늘만큼은 겁쟁이라는 말을 열 번 정도는 허락하겠다."

"네, 그럽지요. 겁쟁이 선배님."

일 보를 물러선 부취객이 다시 세 걸음을 떼고, 이 보를 물러섰다.

그렇게 부취객이 다섯 걸음을 딛었을 때, 무영신투가 그 뒤를 이었다.

허공을 걷는 두 사람.

정녕 누군가 이 모습을 보았다면 신선이 지상에 내려와 산자락을 넘나들며 노닌다고 생각했을 광경이었다. 물론 그 신선들은 야참으로 먹을 소를 메고 있기도 했고.

"발아래가 투명해서 그런지 바닥을 딛고 있다는 현실감이 안 느껴집니다."

"어지럽다. 말시키지 마라."

무영신투가 바로 쏘아붙였다.

"쿵!"

부취객이 이십일 보를 딛고, 다시 한 걸음을 물러섰을 때였다.

눈앞의 정경이 변하기 시작했다.

봄이 되어 꽃이 일제히 피는 것처럼 형형색색의 꽃나무가 주변에 아스라이 모습을 드러냈다.

"와아, 가히 신선의 거취로구나."

부취객이 절로 탄성을 터뜨렸다.

변화는 꽃나무의 중심부에 석문이 나타나는 것으로 끝을 맺었다.

손을 뻗어 석문을 만져 보았다. 돌의 거친 질감, 차가움, 돌 특유의 내음까지 느끼고 맡을 수 있었다.

정녕 이것은 돌 그 이상도 이하도 아니었다.

뒤이어 도착한 무영신투가 감탄사를 터뜨렸다.

"놀랍구나. 이걸 뚫고 지나가야 하다니. 부디 우리 젖소님께서 처녀셔야 할 텐데……."

"선배, 내 비록 기이한 보물을 숱하게 보았으나 오늘과 같은 광경은 처음이오. 천룡도도 천룡도지만 이 자체로도 보물이오."

"네 생각이 내 생각이다. 자, 비껴서라. 젖소님 나가신다."

무영신투가 뚱보처녀를 내려 처녀의 등 뒤에서 껴안았다.

와락 껴안아도 두 손이 처녀의 가슴에도 못 미쳐 겨우 겨드랑이에 손을 밀어 넣는 것으로 만족해야 했다. 뚱보처녀는 수혈이 찍힌 탓에 고개가 앞으로 푹 꺾여 있었다.

"후, 이 처자 대단하구나. 살집 때문에 아예 뼈다귀가 잡히질 않는다."

"같이 동거라도 할 것처럼 진지하구려."

"흐흐흐, 침상 위의 침상이 되겠구나."

무영신투가 처녀를 앞장세워 석문에 밀어붙였다. 뚱보처녀가 처녀가 아니라면, 또한 방법이 틀린 것이라면 처녀의 얼굴이 으깨어져 버릴 만큼 과격한 돌진이었다.

스으으윽…….

처녀의 몸 절반이 석문 안으로 파고들고, 몸의 절반은 그대로 남아 있었다.

"오오오오, 성공이다!"

무영신투가 그대로 밀어 석문에서 사라졌다.

낙오될세라 부취객도 바로 그 뒤를 따라 들어갔다.

"흡!"

"이크!"

찬란한 금빛 광채였다.

무영신투와 부취객은 너무도 눈이 부셔 황급히 눈을 감았다. 깊은 밤, 어둠을 이겨내느라 안력을 돋우고 있었던 탓에 급작스러운 빛은 마치 태양을 가까이에서 쳐다본 것처럼 아프게 눈을 찔렀다.

천천히 눈을 뜨며 빛에 적응하고 사방을 둘러봤다.

원형의 공간이었다.

천장은 타원형으로 오목하게 패어 있고, 그 원형의 각도에 맞춰 사방이 매끈하게 깎여 있었다. 따로 빛을 내는 보석은 보이지 않았다. 그럼에도 천장이며, 벽, 바닥이 온통 금빛을 발하고 있었다.

"저곳이다."

무영신투가 뚱보처녀로 한 지점을 가리켰다.

그곳은 다른 곳보다 더욱 금빛 광채가 도드라졌다. 빛이 그곳만 두 배 더 밝았다. 자세히 보니 통로였다.

통로를 따라 걸으며 부취객이 말했다.

[선배, 젖소는 언제까지 들고 갈 참이오.]

[아, 이런.]

무영신투가 통로에 뚱보처녀를 내려놓았다.

[그런데 네놈은 왜 갑자기 전음으로 말하는 것이냐?]

[그러는 선배는 왜 전음으로 답한 게요?]

[흐음, 그게… 어쩐지 마음이 경건해지는 것이 예의를 지켜야 할 것 같아서 말이다.]

[선배의 생각이 내 생각이오. 근데 선배, 갑자기 암기가 쏟아지거나 화살이 날아드는 건 아니겠지요?]

[우리가 샛길로 들어온 것도 아니고, 법칙을 따라 온 것이

니만큼 공격을 받진 않을 것이다.]

　[그렇겠지요? 아, 이거 심장이 떨리는구려. 나 솔직히 선배에게만 털어놓는거요만 이제껏 숱한 보물은 많이 훔쳤어도 절세 비급은 처음이오.]

　[나도 마찬가지다. 혹시 전대 고인의 유골이라도 보면 깎듯이 절부터 하자.]

　[걱정 마시오. 이마에 피가 나도록 바닥에 찧을 테니.]

　통로는 길고 길었다. 과연 끝이 있기는 한 것인지 의심스러울 지경이었다.

　그렇게 거의 일 식경을 걸었을 때였다.

　통로가 끝나고 정방형의 석실이 눈앞에 나타났다.

　처음 원형의 공간과 통로와 달리 야명주로 공간을 밝히고 있어 상대적으로 어둡게 느껴졌다. 또 다른 점이라면 벽면이며, 천장 일부가 무너져 내려 돌무덤이 여기저기 쌓여 있다는 것이었다.

　그러나 거기에 의문을 갖고 있을 여력이 없었다.

　두 사람은 누가 먼저랄 것도 없이 굳어버렸다.

　통로에서 볼 때 맞은편 벽 아래로 한 노인이 좌정하고 있었다. 눈은 감고 있었으나 피부에는 생기가 감돌았다. 의복도 낡거나 뜯겨진 부분이 없이 순백의 도포였다. 정녕 보고도 믿을 수 없는 신비스러움이었다.

　[서, 선배…….]

부취객의 전음이 바르르 떨렸다.

[나, 나도 보고 있다.]

[왜, 왜 해골이 아닌 거요?]

[나도 지금 이해가 안 된다. 하지만 이곳까지 오는 동안 이해가 되는 것이 하나라도 있었냐? 어떻게 지금까지 뼈와 살이 보존되었는지 모르나 저 노인이 천룡도법의 창시자가 틀림없을 것이다.]

[선배, 천룡도는 어디에 있는 거요? 중앙 벽에 꽂혀 있다고 하지 않았소?]

[그걸 난들 어찌 알겠느냐? 고인이 뭔가 답을 주겠지. 일단 절부터 하자. 어쩐지 말까지 할 것 같다.]

[설마요.]

무영신투와 부취객은 나란히 무릎을 꿇었다.

"무영신투 공신현이 고인께 인사 올립니다."

"부취객 동설빈이 인사 올립니다."

부취객은 바닥에 쿵 하고 이마를 열심히 찧어댔다.

무영신투가 먼저 일어섰다.

[적당히 하고 일어서라. 머리만 박을 참이냐!]

[전대 고인에게 예를 갖추자고 한 것은 선배잖소.]

두 사람은 어떤 신묘한 변화가 일어날지 뚫어져라 고인을 바라봤다.

번쩍!

정좌하고 있던 노인이 눈을 떴다. 이미 죽은 사람이라고는 믿을 수 없을 만큼의 신광이 쏟아져 나왔다.

"헉! 눈에서 광채가……."

"아, 안녕하세요."

무영신투와 부취객은 얼이 나갈 지경이었다.

기연의 신비에 심장이 미친 듯 팔딱거렸다.

노인이 한쪽 입꼬리를 올렸다.

"후후, 역시 네놈들이었구나."

"네?"

무영신투와 부취객이 동시에 멍하니 대답했다.

"도둑놈들이 감히 우리 천위칠군의 행보를 방해할 줄이야."

쩌억!

무영신투와 부취객의 입이 귀까지 찢어졌다. 눈도 튀어나와 버렸다. 시간이 멈추고, 생각도 멈추고, 심장까지 잠시 멎어버렸다.

그리고…

"으아아아악~"

"말도 안 돼!"

비명과 함께 부취객과 무영신투가 쏜살같이 신형을 날렸다.

"흥, 도망칠 수 있다고 보느냐!"

노인이 좌정한 채로 빛살이 되었다.

이 노인은 천위칠군 중 만묘신군이었다.

동정호에서 두 번째 안배까지 탈취당하자, 분노는 극에 달했고, 부랴부랴 선학신군의 백학을 타고 와 세 번째 안배는 겨우 취할 수 있었다.

선학신군과 주양인은 다음 안배를 향해 떠나고, 만묘신군은 범인이 반드시 올 것이라는 확신 아래 기다리고 있었던 것이다. 그는 두 사람이 다가오는 기척을 느끼고 있었으나 끝까지 참은 것은 그 정체를 확인한 다음에라도 충분히 제압할 수 있다고 자부했기 때문이었다.

그런데 아니나 다를까, 혐의를 두고 있던 무영신투와 부취객이 스스로 자백한 것이다.

"네 두 놈은 반드시 혹독한 대가를 치르게 해주겠다."

만묘신군은 천위칠군 중에서 가장 경공술이 뛰어났다.

무영신투는 뒤를 돌아보다가 헉, 하고 숨을 들이켰다. 통로조차 빠져나가지 못했거늘 서로 간의 거리는 고작 이 장여 정도였다.

이대로는 잡히고 만다. 좋지 않았다. 뻥 뚫린 길을 달리는 것이라면 잡히지 않을 자신이 있었다. 경공만큼은 세상 누구에게라도 뒤지지 않는다고 자부해 왔으니까. 하지만 석문을 나서는 순간 일 보를 딛고 일 보를 후퇴하는 해괴한 보법을 밟아야 한다. 그건 곧 막다른 길이나 다름없었다.

탈출 방법은 오직 한 가지뿐이었다.

독문절기인 포영수로 뒤따르는 부취객을 제압했다.

"미안하다!"

"헉! 선배!"

이어 망설이지 않고 부취객을 뒤쪽으로 던져 버렸다.

"알아서 잘 빠져나와라."

"으아아악!"

부취객이 비명과 함께 만묘신군의 가슴 쪽으로 날아갔다.

만묘신군이 부취객의 어깨부터 부여잡고 그 자리에서 팽이처럼 돌았다. 경력을 실어 날린 터라 그 힘을 해소하지 않고 받게 되면 부취객의 뼈가 뭉개져 버리기 때문이었다.

"무영신투! 고약하구나."

만묘신군이 부취객을 옆구리에 끼우고 다시 추격했다.

그러나 이번엔 거대한 육질 덩어리가 날아왔다.

"천위칠군, 고기가 아니라 여자라오. 무공을 모르는 순결한 처녀이니 다치면 곤란하오."

뚱보처녀는 옷이 다 벗겨진 채로 날아들었다. 무영신투가 곤란케 하려고 순식간에 옷을 찢어버리고 날린 것이었다.

만묘신군이 뚱보처녀의 다리를 잡고 다시 팽이처럼 돌았다. 다리가 거의 허리 같았다. 쩍 벌어진 다리 사이로 봐서는 안 되는 처녀의 비밀스러운 곳이 고스란히 시야에 꽂혔다. 만묘신군은 눈을 파내 버리고 싶었다.

"망할!"

그사이 무영신투는 석문을 빠져나갔다.

이젠 투명 다리였다.

무영신투가 보행의 법칙에 따라 정신없이 앞으로 뒤로 움직였다. 워낙 급히 서두르는 탓에 마치 허공 위에서 덩실덩실 춤을 추는 것 같았다.

그렇게 열다섯 걸음을 옮겼을 때, 만묘신군이 석문을 빠져나왔다. 그는 양 옆구리에 부취객과 뚱보처녀를 들고 있었고, 분노로 얼굴이 붉으락푸르락했다.

"무영신투! 널 가만두지 않겠다."

만묘신군이 신형을 솟구치려다 급히 움츠렸다.

하마터면 급한 마음에 진법의 회오리에 갇혀 버릴 뻔했다.

달리 방법이 없었다.

만묘신군이 뚱보처녀와 부취객을 붙든 채로 덩실덩실 보법을 밟아 앞으로 나아가기 시작했다.

부취객이 붙들린 채로 말했다.

"신투 선배! 감복했소. 도계 서열 일위는 허명이 아니로구려. 나부터 살고 보자는 것을 과감히 실천하다니."

"그걸 잊어버린 네가 미련한 게지. 이 선배는 먼저 간다. 천위칠군 중 뉘신지 모르나 바빠서 먼저 가리다. 다시 보는 일 없도록 합시다. 하하하하!"

어느새 맞은편 절벽 위에 오른 무영신투가 화통하게 웃더니 그 모습이 씻은 듯 사라져 버렸다.

그 순간에도 열심히 허공에서 춤을 추던 만묘신군이 욕설을 내뱉었다.

"망할, 도대체 왜 이따위로 진법을 만들어놓았단 말이냐!"

          *   *   *

그로부터 세 시진 후!

도유강과 풍천은 투명 다리를 지나 비동의 석벽 앞에 서 있었다.

"이럴 수가……."

도유강이 넋이 나간 듯 중얼거렸다.

어처구니없는 광경이었다. 석벽은 여기저기 붕괴되어 돌무덤이 쌓여 있었다. 중앙 벽에 박혀 있다던 천룡도도 깔끔하게 사라졌다.

세 번째 안배, 세 번째 조각이 산산이 부서져 있었다.

있을 수도 없고, 있어서도 안 되는 일이 벌어졌다.

쿵, 쿵, 쿵.

심장이 두근거렸다.

분노? 아니다.

상길감? 이도 아니다.

이것은 설레임이었다. 환희의 두근거림이었다.

풍천은 분명히 말했다.

"세 번째 안배부터는 그 절학마다 상호 보완하며 그 종국에는 결국 거대한 신공절학을 이룹니다."

만약 조각이 깨진다면 무엇이라 답했던가.

"그것으로 끝입니다. 지나온 길조차 아무 의미도 없게 되고 맙니다."

끝났다. 조각을 잃었다.
천룡도법이 조각의 머리인지, 다리인지, 허리인지는 알 수 없다. 아니, 무엇인지는 중요치 않다. 어차피 완전체를 이룰 수 없다는 현실이 중요할 뿐이었다.
더 이상 안배를 쫓는 것은 무의미했다.
더 이상 마교 교주로서의 삶도 의미를 잃었다.
희열이 미친 듯이 피어났다.
'이건… 기적이야. 지존의 길은 끝났다. 아버지의 계획은 실패했다. 난 이제 더 이상 지존이 아니다!'
하하하, 마도 역사상 가장 강한 지존 탄생을 꿈꾸던 아버지와 풍천의 꿈은 물거품이 되고 말았다.
아버지가, 풍천이 온 힘을 다해 준비하고 실행에 옮기려고

한 이유는 단순했다.
 마교의 절대 권력은 설대적인 무위에서 비롯된다.
 오직 교주의 위(位)는 힘이다.
 지존이란 칭호는 혈통에 의해 불려지는 것이 아니다.
 무공은 보잘것없으나, 덕망이 하늘을 찌르고 통찰력과 지도력이 뛰어나다? 이틀이면 목이 잘려 나간다.
 무공은 보잘것없는데 전대 교주의 고귀한 핏줄을 이어받았다? 하루도 채 못 버틴다. 이는 도유강이 몸으로 직접 겪은 바였다.
 무공은 약하나 심복이 무적이다?
 그래, 어쩌면 오래 버틸 수 있을 것이다. 그러나 절대적인 충성을 이끌어내지 못한다.
 그렇기에 아버지와 풍천이, 그리고 청파검이, 또 다른 정체불명의 심복이 전심전력으로 일곱 안배에 매달린 것이다.
 '그러나 이제 끝이지. 완전히 끝났다.'
 입가에 절로 미소가 어리고, 이어 웃음이 터졌다.
 "하하하하하!"
 절세의 무학을 놓치고도 웃을 수 있는 자가 천하에 있을까? 모든 강호인들은 미쳤다고 할 것이다. 상관없다. 강호인들의 시선쯤이야, 그들의 생각쯤이야.
 그때였다.
 "하하하하하하!"

웃음은 끝냈다. 그런데 이건 또 다른 웃음소리였다.

풍천이 웃고 있었다.

도유강이 풍천을 어리둥절한 눈으로 돌아봤다.

감정 표현을 모르는 놈이 웃고 있다. 해맑다. 진심을 다해 웃고 있었다. 다른 사람은 다 웃어도 이놈은 웃으면 안 되는 놈인데 웃고 있는 것이다. 안배가 망가졌는데도, 모든 것이 틀어져 버렸는데 웃고 있다니.

'뭐, 뭐지… 돌아버렸나?'

분노를 터뜨려야 했다. 반쯤 미쳐 돌아도 이상할 것이 없었다. 그런데 여기에서 왜 웃음이 나온단 말인가. 바로 까닭을 물으려 할 때, 풍천이 보란 듯이 마기를 풀풀 풍겨냈다. 살기도 그 틈새를 비집고 스멀거리며 흘러나왔다.

'이, 이건…… 설마…….'

도유강은 심장이 덜컥 내려앉았다.

왜 그 생각을 못했을까?

안배가 끝났다는 건 곧 풍천이 자유의 몸이 되었다는 뜻!

더 이상 아버지의 명을 받들지 않아도 된다는 뜻이었다.

그리고 더 이상 자신을 주군으로 모실 필요도 없었다.

이제 주군이란 그저 이젠 거추장스러운 존재에 불과한 것이다.

풍천이 후우, 하고 숨을 내쉬며 천장을 바라봤다.

두 눈은 어느샌가 핏빛 혈광으로 번들거리고 있었다.

"드디어 금제가 풀렸도다. 드디어. 크크크, 정녕 하늘은 마교의 길을 원하는 것이었던가. 이날이 이리도 손쉽게 다가올 줄은 몰랐거늘… 크크크……."

도유강이 주춤주춤 물러났다.

우려는 현실이었다.

풍천을 구속하던 아버지의 속박은 끝이었다.

보호하던 방패가 적군의 창검으로 변해 찌르는 격이었다.

소면마군의 반역도 이와 같았다. 그처럼 충성을 다짐하던 그의 모습이 장례 이후 하루아침에 돌변하지 않았던가. 마교라는 것, 마인이란 것을 간과하고 있었다.

도망쳐야 한다고, 전력으로 경공을 펼쳐야 한다는 생각이 들었지만 질식할 듯한 마기로 인해 발이 꼼짝도 하지 않았다.

"푸, 풍천… 제발……."

죽고 만다. 그것도 가장 충성하던 심복에게. 이것이 마인의 본모습. 도유강은 목소리뿐 아니라 온몸이 저절로 부들부들 떨렸다.

스윽.

풍천이 고개를 돌려 바라봤다.

"주군……."

주군이라는 말을 수백 번 넘게 들었지만 느낌이 달랐다.

이는 마치 마지막 죽음의 선고를 내리는 것 같았다.

"주군……."

풍천이 다시 불렀다.

도유강이 덜덜 떨며 대답했다.

"네."

"주군!"

풍천이 격하게 외쳤다.

"네! 말씀하십시오!"

도유강도 격하면서도 공경심을 잃지 않으려 노력했다. 서러움과 두려움이 범벅이 되어 눈물이 나려고 했다.

풍천이 어깨를 붙들며 말했다.

여전히 시뻘건 혈광이 두 눈에 넘실거리고 있었다.

"주군, 정신 차리십시오. 네, 라니요. 진정한 마인의 길이 열린 지금 농담하실 때가 아닙니다."

"그게… 무슨……."

도유강이 침을 꿀꺽 삼키며 말했다. '무슨 말이냐?'라고 해야 할지, '무슨 말씀이세요?'라고 해야 할지 몰라 중간까지만 말하고 말았다.

"주군, 드디어 금제가 풀렸습니다. 소인은 진심으로 기쁘기 그지없습니다. 정녕 주군께서는 하늘이 내린 마인이 틀림없습니다."

"……?"

"아수라천마님께서는 분명 세 번째 안배부터가 중요하다고 말씀하셨습니다. 그렇기에 혹여 변고가 발생할 시 대비책을 세워두셨습니다."

"대비책?"

풍천이 돌아버린 것이 아니란 점에서 기뻤지만 또 다른 불안이 스멀스멀 피어났다.

"그렇습니다. 세 번째 안배에 걸맞은 예비 안배입니다."

"예비… 안배라니……."

뭐가 뭔지 알 수가 없었다.

"목소리를 들으니 주군께서도 감동을 받으셨군요. 마땅히 감동하실 것이라고 생각하고 있었습니다. 비록 차선책이긴 하나 위력이라면 결코 뒤처지지 않습니다. 차이점이라면 정도의 무공이냐, 마공이냐의 문제일 뿐입니다."

"마, 마공……."

머리가 어지러웠다.

풍천이 돌아버린 것이 아니란 점은 기쁜데 웃을 수는 없었다. 나름 몽둥이를 피하려다 칼에 맞은 격이었다.

풍천이 웃었던 실질적인 이유도 비로소 알 수 있었다.

풍천은 자신이 지주현자의 비동으로 인도했음에도 지주현자가 정파 운운하며 정도의 길을 추구하라고 하자 죽여 버리겠다고 고함을 지르지 않았던가.

풍천의 말이 이어졌다.

"아수라천마님께서는 기존 안배를 최우선하여 취하라 하셨습니다. 그러나 훼손 시에는 마공으로 그 간극을 메우라는 뜻을 전하셨습니다. 소인은 결코 그 뜻을 거스를 수 없었으나 하늘의 뜻으로 주군께서 마공을 익히게 되셨으니 이는 운명이라고밖에는 달리 표현할 말이 없습니다."

도유강은 마음이 급했다.

풍천이 배신하지 않았다는 것은 엎드려 절이라도 할 만큼 고마웠다. 그러나 산 너머 산이라고, 이젠 마공이란다. 무슨 일이 있더라도 마공은 피해야 했다. 마공은 절대적으로 성정에 영향을 끼친다. 마성이 본성을 먹어치우는 것은 당연한 일.

"아니다. 섣불리 판단해선 안 된다. 본래의 안배를 찾아야 한다. 훔쳐 간 놈을 반드시 찾아 아버지의 뜻을 잇는 것이 중요하다."

"주군, 천하에는 기이한 자들이 많아 그들 중 누구의 소행인지 알아내기란 모래밭에서 원하는 모래 한 알을 취하는 것처럼 어려운 일입니다."

도유강이 머리를 감싸다 소리쳤다.

"그래, 사천당가다! 당가가 화룡도를 찾는다고 했지 않느냐! 화룡도가 천룡도를 뜻하는 것일 게다. 밤에 그들이 먼저 탈취해 간 것이 틀림없다."

"주군, 사천당가의 화룡도는 당가의 비전이 담긴 그림일 뿐입니다."

"그, 그림이라고?"

"네, 그렇습니다. 원래 이름은 당가비폭화룡도라고 하는 것이며 앞으로 주군께서 얻으실 안배의 무공에 비하자면 버러지 같은 무공입니다."

"그, 그래도 누구 짓인지는 밝혀야 하지 않느냐? 아, 아버지께서 최우선적으로 취하라고 한 안배를 네놈은 어찌 그리 소홀히 여기는 것이냐!"

풍천이 바로 부복했다.

"주군, 용서하십시오. 하오나 세 번째 안배의 신묘한 길을 뚫고 들어온 자라면 그자를 잡는 데 얼마의 세월이 걸릴지 알 수 없는 일입니다. 만약 그자가 도계에게 수위를 다투는 무영신투나 부취객이라면 족히 일이 년은 허비해야 할 것입니다."

"무영신투, 부취객……."

그 명성은 들어본 적이 있었다.

은신술과 경공이 천하일절이며, 특히 무영신투는 과거 아버지의 손에 비명횡사한, 신성무혼과 경공을 겨루어 앞서거니 뒤서거니 승부를 가리지 못할 정도로 뛰어나 그때부터 신투라는 별호에 무영 두 글자가 붙게 되었다고 했다.

그때 풍천이 품에서 두 장의 얇은 가죽을 꺼냈다.

"그건 무엇이냐?"

"인피면구입니다. 아수라천마님께서는 안배에 문제가 발생하거든 인피면구를 해야 할 때라고 말씀하셨습니다."

"아! 아버지……."

도유강이 멍하니 중얼거렸다.

마도의 전설이라 불린 것은 정녕 허명이 아니었다. 풍천을 만들고, 풍천과 버금가는 충성도를 지닌 또 다른 두 심복을 키워두셨다.

그리고 지존의 길을 위한 일곱 안배!

변수에 따른 예비 안배!

심지어 인피면구까지.

아버지의 배려는 천라지망이었다. 어디로도 도망칠 수 없을 것 같은 막막함이었다.

*   *   *

사천당가 독황전 앞.

가주 만독천침자가 서 있었다.

새벽부터 정오가 된 지금까지 계속…….

휘이이잉…….

바람이 옷깃을 스치고 지나간다.

만독천침자는 새벽의 다짐을 떠올렸다.

"나는 그들이 올 때까지 이 자리에서 단 한 걸음도 움직이고 않고 서서 맞이할 것이다. 내 뜻은 단호하다!"

휘이이잉…….
괜히 말했다.
놈들이 오질 않는다. 안 올 것 같다.
줏대없는 놈들이다.
동료를 아끼는 마음이 없는 자들이었다.
왜 다짐을 해버리고 말았을까!
깊은 후회가 가슴 밑바닥에서부터 치고 올라왔다.
말은 역시 함부로 내뱉는 것이 아니었다.
'망할…….'
야속한 바람이 다시금 옷자락을 스치고 지나갔다.
휘이이잉…….

『전전긍긍 마교 교주』 5권에 계속…

저작권 보호!!
장르문학의 성장에 힘이 되어주십시오.

저작물의 무단 전재와 복제, 불법 다운로드! 이것은 관심이 아니라 무관심입니다!

작가님들은 창의적 열정과 시간을 투자해 자신의 꿈과 생계를 유지합니다.
한 권의 책을 만들어 많은 사람들은 자신의 인생과 미래를 설계합니다.

저작물 속에는 여러 사람의 노력과 희망이 담겨 있습니다!

저작물의 무단 전재와 복제, 불법 다운로드는 여러 사람들의 꿈과 생계를
위험함으로써 장르문학을 심각한 상황에 빠뜨리고 있습니다.

이제는 무관심이 아니라 관심으로 장르문학의 성장에 힘이 되어주세요.

[도서출판 **청어람**은 항시적인 저작권 보호를 통해 장르문학과
여러분의 희망을 지키겠습니다.]

저작물의 무단 전재와 복제, 불법 다운로드는 법률에 의해 처벌받을 수 있습니다.
저작권법 제97조의5 (권리의 침해죄)
저작재산권 그 밖의 이 법에 의하여 보호되는 재산적 권리(제73조의 4의 규정에 의한 권리를
제외한다)를 복제·공연·방송·전시·전송·배포·2차적 저작물 작성의 방법으로 침해한
자는 5년 이하의 징역 또는 5천만 원 이하의 벌금에 처하거나 이를 병과(동시에 두 가지 이상의
형벌을 지우는 일)할 수 있다.

도서출판 **청어람**

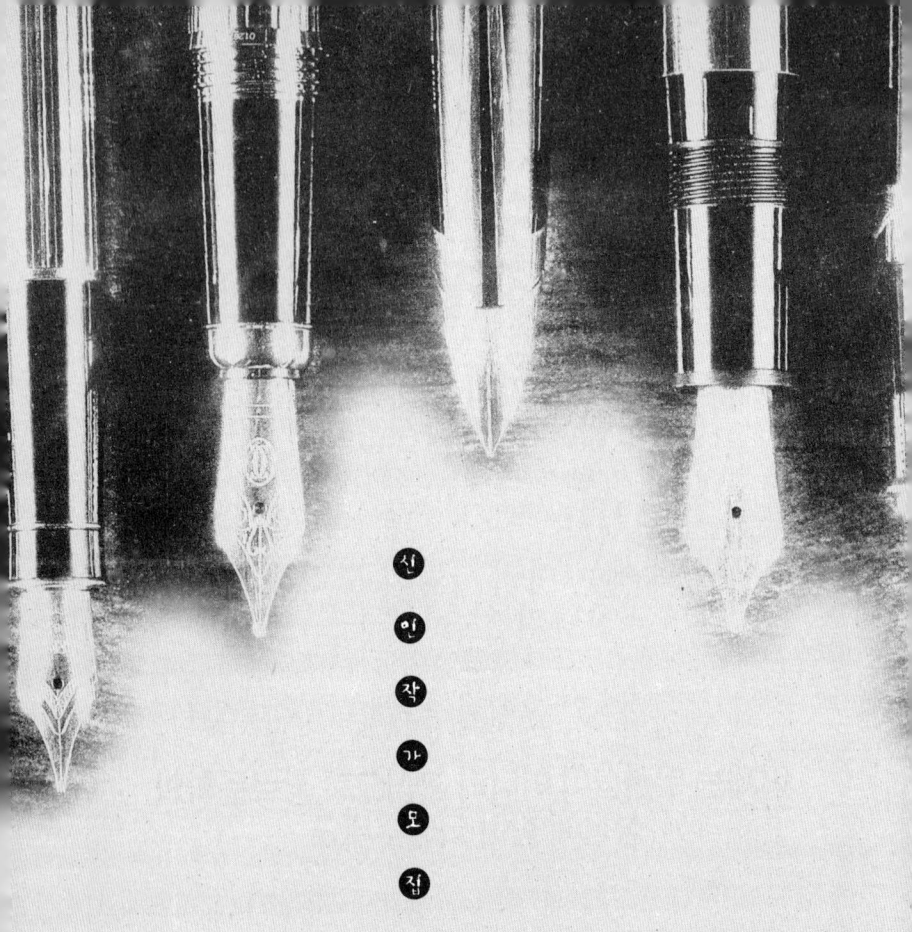

신인작가모집

**시작이 반이라고 했습니다.
작가의 길에 대한 보이지 않는 벽을 과감히 깨뜨리십시오!
청어람은 작가 지망생 여러분들의
멋진 방향타가 되어드리겠습니다.**

저희 도서출판 청어람에서는
소설 신인 작가분들을 모집합니다.
판타지와 무협을 사랑하시는 분들의 많은 참여를 바랍니다.
소정의 원고(A4용지 150매)를 메일이나 우편으로 보내주시면
검토 후 출판 여부를 알려드리겠습니다.

주소:경기도 부천시 원미구 심곡1동 350-1 남성B/D 3F 우편번호420-011
TEL:032-656-4452 · **FAX**:032-656-4453
http://**www.chungeoram.com**
e-mail:chungeoram@chungeoram.com

천마검섭전

임준후 新무협 판타지 소설

칠혈무정로 1부

인세에 지옥이 구현되고 마의 군주가 현신하면
그 누구도 그를 막지 못하리라!
이는 태초 이전에 맺어진 혼돈의 맹약, 육신에 머문 자나
육신을 벗은 자나 누구도 피할 수 없는 구속의 약속일지니……

주검과 피, 그리고 살기가 강물처럼 흐르는 전장에서
본연의 힘을 되찾게 되는 신마기!
신마기의 주인은 전장을 거칠 때마다 마기와 마성이 점점 더 강해져
종국에는 그 자체로 마(魔)가 된다……

제어되지 않는 신마기…
이는 곧 혼돈의 저주, 겁화의 재앙이다!

유행이 아닌 자유추구 -
WWW.chungeoram.com
Book Publishing CHUNGEORAM

일류 新무협 판타지 소설

天山魔帝
천산마제

내일을 기약할 수 없는 땅, 천산.
소녀로부터 은자 한 닢의 빚을 진 소년 용악,
청년이 된 용악은 천산의 하늘이 된다.

하늘을 가르고 땅을 뒤엎는다!
한 호흡에 만 개의 벽(壁)!!
지금껏 내게 이빨을 드러낸 것들은 모두 죽었다.

은자 한 닢의 빚을 갚으며 시작된
십천좌들과의 승부.
오너라! 천산의 제왕, 천산마제가 여기 있다!

유행이 아닌 자유추구 -
WWW.chungeoram.com
Book Publishing CHUNGEORAM

유행이 아닌 자유추구 -
WWW.chungeoram.com
Book Publishing CHUNGEORAM

長虹貫日
장홍관일
월인 新무협 판타지 소설

세상은 언제나 정의가 승리하고,
그래서 사필귀정(事必歸正)이라고?

개소리!

세상은 나쁜 놈들이 지배하지.
그러나 그놈들은 아주 교활해서 절대로 나쁜 놈처럼 안 보이지.
현재 무림을 지배하고 있는 백도의 어떤 인간들처럼……

暗帝血路 암제혈로

설경구
新무협 판타지 소설

―떠나세요, 가능한 한 멀리.
―하나만 기억하세요. 일단 살아남아야 후일을 도모할 수 있습니다.
―떠나.

오랫동안 연락이 두절되었던 이들이 약속이라도 한 듯 찾아와
꺼낸 이야기들과 함께 시작되는 집요한 추적.
그리고 거대한 음모에 휘말려 억울한 누명을 쓴 채로
오직 살아남기 위해 필사적으로 도주하는 한 사내, 진가흔.

"왜 하필 나입니까?"
"자네가 가장 적당하기 때문이지."
"아시겠지만 그를 죽인 것은 제가 아닙니다."
"물론 알고 있네, 그런데 말일세… 그래도 그를 죽인 것이 자네라는
사실은 변하지 않네."

누구를 믿어야 할까.
적어도 명확하지 않은 상황에서 이유조차 모른 채 도주하던
한 사내의 역습이 시작된다.

유행이 아닌 자유추구―
WWW.chungeoram.com
Book Publishing CHUNGEORAM